T0244049

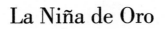

La Niña de Oro

Pablo Maurette

La Niña de Oro

EDITORIAL ANAGRAMA
BARCELONA

Ilustración: © Julio César Pérez

Primera edición: *enero 2024*

Diseño de la colección: Julio Vivas y Estudio A

© Pablo Maurette, 2024
   C/O INDENT LITERARY AGENCY
   www.indentagency.com

© EDITORIAL ANAGRAMA, S. A., 2024
   Pau Claris,172
   08037 Barcelona

ISBN: 978-84-339-2208-3
Depósito legal: B. 17614-2023

Printed in Spain

Romanyà Valls, S. A.
Verdaguer, 1, 08786 Capellades (Barcelona)

A Lucrecia Maurette

Of colours in general, under whose gloss and varnish all things are seen, no man has yet beheld the true nature.

SIR THOMAS BROWNE,
Pseudodoxia Epidemica

1

«El amor adolescente es un espectáculo de fealdad», pensó la señora que estaba detrás de ellos en la fila. La chica besaba al chico como si lo estuviera regurgitando. Esperaban el colectivo, eran las siete de la mañana y hacía un frío que calaba los huesos. La chica abría y cerraba la boca mecánicamente, dejando ver de pronto una lengua gruesa que hurgaba con avidez. Abrazada a la cintura del chico, lo apretaba contra su pecho. De tanto en tanto, contoneaba la pelvis. Él trataba de seguirle el ritmo. Tenía los ojos cerrados y el ceño fruncido, parecía apremiado.

Se está ahogando el muy torpe, dijo para sí el hombre que estaba primero en la fila. Llevaba a su hija al colegio. Era el último día de clases antes de las vacaciones de invierno. De la mano de su padre, la niña observaba a los besuqueros atónita. Sin dejar de hacer remolinos con la lengua, el chico abrió los ojos y vio la mirada infantil que los escrutaba. Entonces desprendió la boca de sopapa y le susurró algo a su novia al oído. Ella sonrió y miró a su alrededor. Tenía el pelo negro atado en una cola de caballo, cara ovalada, un hoyuelo en el mentón, nariz romana. Vestía un jumper gris, zapatillas negras y una campera celeste metálico. «Debe ser del Sagrado Corazón, si la viera la madre», pensó una señora que estaba más atrás en la fila.

La fisonomía del chico era bastante más llamativa. Era alto y gordote, de porte encorvado y facciones blandas. Tenía los ojos hundidos y las mejillas tumefactas, como si estuviese tomando cortisona. Hipotiroidismo, pobre, tan jovencito, diagnosticó la señora que estaba detrás de ellos en la fila. El chico tenía el pelo largo cortado a modo de casco, al estilo Príncipe Valiente. O Cristóbal Colón, como pensó el hombre que llevaba a su hija al colegio. Un Colón pasado de corticoides.

Los jóvenes amantes se comían y todo el mundo miraba cuando llegó el colectivo. Ah, se despiden, él se quedó a dormir en lo de ella a escondidas de los padres, se pasaron la noche como conejos, fantaseó una señora de más atrás cuando vio que solo el chico se disponía a subir. El hombre que estaba primero en la fila ayudó a su hija a trepar al estribo. Colón con corticoides estampó un último beso en la boca de su novia y los siguió. Detrás de él subió la señora del principio y la otra y la de más atrás, la de la mente lúbrica, y toda la fila que se extendía unos diez o doce metros. Cuando el colectivero finalmente cerró la puerta, la chica desde la vereda buscaba a su novio a través de las ventanillas empañadas, pero no lo encontró.

Apelmazado entre la marabunta, lentamente y cuidándose de no dar codazos, el chico descolgó la mochila de uno de los hombros y la giró hasta tenerla contra el pecho. Se le antojaba escuchar música y eso requería de una maniobra complicada. Con una sola mano procedió a extraer el estuche porta CD del primer bolsillo, lo abrió y pasó las páginas hasta dar con lo que buscaba. Nick Cave & The Bad Seeds, *The Boatman's Call*. Por un instante soltó la barra y mantuvo el equilibrio apoyándose contra los cuerpos que lo circundaban. Con el dedo anular insertó en el CD, cerró el estuche y lo devolvió a su domicilio. A todo esto, dada la estrechez del espacio, la proximidad con los otros pasajeros y su natural torpeza, Colón con corticoides había propinado un par de codazos y recibido varias amonestaciones.

—Pero, nene, ¿qué te pasa? —exclamó una mujer de unos treinta años, bien vestida y maquillada a los apurones, que abrazaba una carpeta de dibujo.

Un hombre le chistó. Impávido, el joven prosiguió con la maniobra. Ya casi estaba. Con una sola mano abrió otro bolsillo de la mochila, sacó el discman, se puso los auriculares, le dio play y guardó el aparato en el bolsillo interno de la campera militar que lo estaba haciendo transpirar como un pollo al espiedo. Empezó a sonar el pianito de «Into My Arms» y Colón con corticoides cerró los ojos.

I don't believe in an interventionist God,
but I know, darling, that you do...

«¡Yo tampoco creo en un Dios intervencionista, pero ella sí!», pensó. La evocación de su novia lo catapultó al jardín de las delicias que había sido la noche anterior. No habían dormido nada. Qué locura. Su cuerpo todavía vibraba, como si acabara de meterse un cable pelado en la boca. Miró a su alrededor, hizo un repaso por las caras que lo rodeaban. Máscaras lúgubres, el carnaval de la rutina, hombres y mujeres sopesando sus miserias, haciendo listas mentales de sus quehaceres, absortos en sus vanidades, catatónicos, inquietos, ansiosos, amargados hasta la médula.

«¿Quién de acá pasó la nochecita que pasé yo?», se regodeó Colón con corticoides. Esa noche volvería a verla.

13

Una compañera de colegio de ella festejaba su cumpleaños en una iglesia desconsagrada convertida en discoteca. Irían por separado, regresarían juntos. Él propondría ir a dormir a casa de ella. Ella se negaría por temor a que sus padres los descubriesen (Colón con corticoides estaba seguro de que los padres sabían y no decían nada por decoro o por respeto). Él insistiría, ella no se haría rogar. Y así repetirían la liturgia voraz del amor adolescente. Absorto en estos y otros pensamientos, con la mirada fuera de foco y sin darse cuenta, el chico posó la vista sobre un rostro en particular. De un momento a otro, percibió una intensidad dirigida hacia él, como si alguien hubiese encendido un reflector y se lo estuviese apuntando directo a la cara. Entonces espabiló y vio dos ojos que lo examinaban.

Era un hombre de unos cuarenta años, pelo corto castaño oscuro, cara pálida recién afeitada, mandíbula prominente. Una nariz respingada desproporcionadamente pequeña hacía pensar en un exboxeador con una rinoplastia fallida. Sus ojos eran fríos como la hoja de una navaja. El chico rápidamente desvió la mirada. Intentó perderse en la música, pero no pudo. Sentía los ojos del hombre que le perforaban la sien. Pasó el tiempo, un minuto quizá, una eternidad. Entonces, movido por ese impulso impostergable que a veces, en situaciones de gran tensión, nos empuja a afrontar el peligro para poner fin a la dilación y a la incertidumbre, para que pase algo de una vez, algo bueno o malo, da igual; entonces, decía, el chico se dio la vuelta decidido a hacer contacto visual y dispuesto a entregarse a las circunstancias, pero el hombre ya no lo miraba. Ahora sonaba «Lime Tree Arbour». La voz de Nick Cave, solemne y analgésica, lo envolvió nuevamente.

El colectivo llegó a la avenida Corrientes, bajó una marea de gente y subió otra. En el movimiento general,

Colón con corticoides se vio desplazado hacia el rincón del fondo, del lado opuesto a la puerta trasera, y quedó al lado del hombre de nariz respingada. Se había liberado un asiento, pero tanto él como el hombre casi al mismo tiempo se lo señalaron a una anciana que les puso cara de ternero degollado. Habían quedado codo a codo. El hombre estaba agarrado a la barra con las dos manos. Tenía guantes de cuero negro. El chico una vez más se inquietó. La proximidad física con el tipo le daba repelús. No faltaba mucho para su parada. El colectivo aceleró.

La anciana no bien sentarse había cerrado la ventanilla. El colectivo era una incubadora. Al chico le corrían gotas de sudor por la espina dorsal y el vaho que exudaban todos esos cuerpos apelotonados lo empezaba a asfixiar. Cuando llegaron a la avenida Córdoba, ya no daba más. Subió otro aluvión de personas, pero no bajó nadie. El amontonamiento era inaudito, y en las paradas sucesivas el chofer no dejó subir más pasajeros. En un semáforo rojo, un hombre que desde la parada había visto al colectivo pasar de largo, corrió y golpeó la puerta con vehemencia.

—No hay nadies —respondió el colectivero, y varios pasajeros rieron.

Mientras tanto, en la parte de atrás, al fondo, el chico tenía tanto calor que apagó la música. Y, a pesar de que faltaban dos o tres paradas, tomó la desafortunada decisión de quitarse el abrigo, con tanta mala suerte que, mientras lo hacía, el colectivo dio un frenazo, el chico perdió el equilibrio y se precipitó sobre el hombre de nariz respingada. Nervioso, balbuceó una disculpa.

—Si me volvés a tocar, te rompo una costilla —susurró el hombre sin mirarlo.

Colón con corticoides ya no sudaba. O ya no sentía el sudor. Miraba por la ventanilla petrificado. A su lado, casi tocándolo, el hombre de nariz respingada también miraba hacia delante con los párpados semicerrados y una expresión de yacaré tomando sol. El chico sintió un retortijón y, a continuación, un tumulto en el intestino. Tenía la garganta seca, como si hubiese tragado un puñado de canela en polvo. Ya faltaba muy poco. Dos cuadras antes de su parada, giró sobre los talones y empezó a moverse lentamente hacia la puerta. Era casi imposible avanzar entre el gentío, pero quería indicar que se aprestaba a bajar.

Una cuadra antes de su parada notó con horror que el hombre de nariz respingada también se disponía a bajar.

Un chorro de sudor helado le bajó por el abdomen. Se intensificó el alboroto en las tripas. Una mujer lo apuró desde atrás.

—¿Bajás?

Quiso responder que sí, pero no le salió la palabra y asintió con la cabeza. La mujer no se percató del terror en sus ojos.

Apenas se hubo abierto la puerta, el chico saltó a la vereda y enfiló hacia su edificio, que estaba a una cuadra y media. Llegó a la esquina y dobló a la derecha por Juncal. Caminó unos diez metros y giró la cabeza justo a tiempo de ver al hombre de nariz respingada, que doblaba e iba en su dirección. El chico apuró el paso, ya casi trotaba. El intestino le gruñía presagiando un desastre. Llegó a la esquina de Julián Álvarez. Se dio vuelta y ahí estaba el hombre, a unos treinta metros de él. Colón con corticoides sintió que se le aflojaban las rodillas.

Cruzó la calle hacia la vereda de enfrente de su edificio. Debía evitar a toda costa que el tipo viese dónde vivía. Paró en un puesto de diarios y fingió que elegía una revista. Dejó pasar unos segundos y espió. El hombre no había cruzado, había seguido de largo, y ahora el chico lo tenía en su campo visual. Respiró aliviado. «Andá, enfermo, tomatelás», musitó envalentonado. El sudor le había atravesado la remera y tenía dos lamparones en el buzo a la altura del diafragma. Caminó siguiendo al hombre con la mirada. «Una vez que haya pasado por delante de casa, lo dejo seguir de largo un poco y después cruzo», planeó.

Pero cuando llegó a la puerta de su edificio, el hombre de nariz respingada se detuvo. Justo en ese momento salía una mujer con un cochecito.

El hombre le dijo algo. La mujer le indicó el palier y el hombre entró.

Sin saber qué hacer, más confundido que atemorizado, Colón con corticoides caminó unos metros y entró a un bar. Dejó sus cosas en una mesa junto a la ventana y corrió al baño a descargarse. Cuando volvió, pidió un café y esperó.

Una media hora más tarde vería salir al hombre de nariz respingada, que cruzó la calle, pasó junto al bar, dobló por Salguero y se perdió en el anonimato de la ciudad.

2

Eran las nueve de la noche y Silvia Rey miraba por la ventana de su habitación. Sobre la cama, una valija a medio hacer. Al día siguiente se iba de vacaciones. Merecidas vacaciones. Este turno en la fiscalía había sido especialmente agotador. Era —mejor dicho—, era especialmente agotador, se corrigió de puro supersticiosa. Todavía faltaban unas tres horas para que terminase. Había considerado desconectar el teléfono, cortar por lo sano. Pero ¿cuáles eran las probabilidades de que le cayese un caso nuevo? Ínfimas. ¿Y si, en cambio, llamaba su padre? No desconectó el teléfono y trató de concentrarse en el día siguiente.

Al llegar del trabajo había reservado el radio taxi que la pasaría a buscar a las cuatro y media de la mañana. Había sacado la valija y se había dado a la tarea de rescatar la ropa de verano del fondo del armario. Empacaba de manera criteriosa, con economía y prolijidad. Mientras elegía las bikinis, anticipó el primer baño de mar, una ablución purificadora, la sal y el fresco del Atlántico lavándola de toda la escoria con la que venía de lidiar, del juez ese de cuyo nombre no quería acordarse, de Villegas y de sus mentiras. Ella supo desde el primer momento que Villegas

18

mentía. Inmediatamente entendió que el tipo había tirado a la mujer por el balcón, que eso no había sido un suicidio. Pero así son las cosas. A falta de pruebas, Ana María, la fiscal, dio por cerrado el caso. Un asesino más en la calle y otro crimen impune para los anales de la vergüenza. Silvia Rey sintió que le subía una marejada de furia desde el diafragma y dio un volantazo mental para dirigir sus pensamientos nuevamente hacia el día siguiente.

La cervecita en el bar del hotel o en la terraza mirando el mar, oliendo el mar. Una porción de *peixe frito*, otra cerveza bien helada. Por la tarde, un paseo y un *sorvete de morango* en la Rua das Pedras. A la noche, servicio de habitación, una película en la tele, la cama gigante. Dobló un par de pantalones blancos y los ubicó en la valija, en una grieta entre dos hileras de remeras, blusas y shorts perfectamente plegados. Tenía que llevar al menos dos pares de pantalones más. Fue entonces cuando se distrajo y se acercó a la ventana.

Vivía en un piso catorce frente al cementerio de la Chacarita. Un departamento chico, moderno y luminoso. Parqué sintético, techos bajos, paredes sutiles como de telgopor. Si el vecino estornudaba, lo escuchaba claro y distinto. Living, comedor y cocina conformaban un mismo ambiente, despojado pero agradable. Se había mudado hacía poco más de un año, en las postrimerías del divorcio y apenas se hubo vendido la casa de la calle Guatemala. Le gustaba Chacarita, el corazón disecado de la ciudad. Palermo se estaba volviendo cada vez más coqueto. A Retiro, el barrio de su infancia y de su adolescencia —el *faubourg*, como le decía su padre—, jamás se le hubiera ocurrido volver.

Varios meses después de verlo a diario desde esa altura en toda su extensión, un buen día cayó en la cuenta de que el cementerio tenía exactamente la misma forma que la Capital Federal. Corroboró su intuición en la Guía

Peuser. El mismo contorno, casi calcado. Un cuadrilátero que alguien deformó a golpes. El lado superior, magullado hasta volverse uno con el lado derecho, como un cuadrado que intentó ser triángulo y fracasó. El lado inferior y el izquierdo, fundiéndose en uno solo, como si se estuviesen derritiendo y goteando hacia el sur, formando un apéndice, un colgajo más bien.

La necrópolis como sinécdoque de la metrópolis. Le gustaba la idea. Una vez, en la fiscalía, había hecho un comentario sobre no sé qué restaurante en Roma y Martín, el auxiliar escribiente, para chicanearla acotó, «miramelá a la doctora cosmopolita», ante lo cual Ana María retrucó: «*Necro*polita». Desde entonces había adoptado el gentilicio y lo usaba cada vez que podía. Claro que de noche no se veía la forma del cementerio. Era un vacío gigante rodeado por un mar de luces. Un agujero negro, una boca abierta pronta a comerse todo. La luz de la ciudad a su alrededor es fuerte solo en apariencia, parece que va a perdurar, pero un día el abismo se la va a chupar y no va a quedar nada más que el vórtice oscuro. Eso pensaba Silvia Rey con la frente apoyada contra el vidrio de la ventana y la valija a medio hacer abierta sobre la cama, cuando el teléfono la arrebató de sus cavilaciones.

«No puede ser. Me mato», dijo antes de responder. «¿Hola?» Era su padre. Silvia Rey cayó sentada sobre la cama. «Me asustaste... Pero si ya nos despedimos, papá... Me estaba por ir a la cama... Seis horas, no es tan terrible, en el avión duermo... Sí... Sí. A la tardecita será, pero sí, te llamo... Bueno, por qué no nos vamos a dormir, ¿eh?... Pero sí, papá. No voy a Ciudad Juárez, voy a Búzios... Ok, bueno, te lo prometo... Sí. Mañana hablamos... Te llamo yo, sí, yo te llamo... Un beso grande... Yo también, beso... Chau, hasta mañana, chau.»

Colgó y regresó a la valija. Dos pares de pantalones más, la ropa de gimnasia, un par de zapatos de noche y el saquito de lino beige por si surgía algo, una cita digamos. No era imposible. Como con el francés el año anterior. Mismo hotel de solos y solas. Un hola qué tal en la pileta. Ella en la reposera, él desde el agua, de donde inmediatamente salió y acercó una silla. Tenía panza de cerveza, alta, rectangular y dura como un tambor; brazos bien torneados, hombros salpicados de pecas, manos grandes, ojos verdes, afables, sugestivos. La conversación fluía. En inglés. El de él bastante mejor que el de ella, pero no importó, se entendían bien. «How about dinner tonight?», propuso él unos quince minutos después de conocerse. «Yes, ok», respondió ella. Y siguieron charlando como dos horas más al rayo del sol. Pidieron *caipirinhas*. Él vivía en Carcasona, era odontólogo. Ella volvía a Buenos Aires al día siguiente. Compartieron una velada encantadora y, por momentos, electrizante. Se despidieron con ternura al día siguiente después del desayuno e intercambiaron direcciones de email. Ninguno contactó jamás al otro. Un toco y me voy, que le dicen.

A las diez y cinco, Silvia Rey había terminado de empacar, había bajado la valija de la cama y se disponía a lavarse los dientes cuando sonó el teléfono. Esta vez no se sobresaltó. Había gastado toda la ansiedad que le quedaba en el sobresalto de la llamada anterior. Cuando atendió y escuchó la voz más temida se le hizo un nudo en el estómago. Atónita y de pie, Silvia Rey escuchaba al oficial de policía que le hablaba de un cadáver en un departamento en Juncal y Salguero, del inspector a cargo, de la División Rastros que estaba en camino y del equipo forense, que ya había llegado. La secretaria de la Fiscalía escuchaba y no pensaba sino en el incordio de llamar a la aerolínea para cambiar el pasaje. Y peor, al hotel; había pagado la semana entera por anticipado, una oferta, y eran menos de cuarenta y ocho horas antes del *check-in*, no le iban a devolver un centavo.

Colgó y llamó a la fiscal.

—Te juro que no lo puedo creer, Silvia, qué mala pata —se compadeció Ana María.

Quedaron en encontrarse en veinte minutos. Silvia Rey se sentó en la cama y se dejó caer de espaldas. Cerró los ojos e hizo un ejercicio de respiración. Aspiró hondo y exhaló por la boca lentamente. Una vez, dos veces, tres veces. Por fin se incorporó. Se lavó los dientes, se vistió, llamó un radio taxi y a las once menos cuarto estaba en el edificio de la calle Juncal.

3

En el hall de entrada del edificio, Silvia Rey encontró a la fiscal charlando con el inspector Sermonti y con otro hombre al que nunca había visto.

—Silvita, tanto tiempo —exclamó Sermonti.

—Subinspector Osvaldo Carrucci, encantado —dijo el otro hombre estrechándole la mano.

—¿Subimos? —propuso Ana María.

—Vayan, vayan. ¿Tienen algún pañuelo o barbijo? Está fiera la cosa. Chau, adiós. Las dejo en buenas manos —dijo Sermonti dándole una palmada en el hombro a Carrucci.

El subinspector llevaba un traje de tweed color mostaza y emanaba un olor dulzón cuyo origen Silvia Rey no tardó en atribuir a los caramelos Media Hora que el hombre rumiaba incesantemente. Flamante exfumador o complejo de Peter Pan, conjeturó. Ya habría tiempo para hacer la disección del subinspector con Ana María.

—Las pongo en autos —anunció Carrucci apenas hubo cerrado la reja del ascensor—. Nos llamó el portero, César González; hará una hora y media que habían encontrado un cadáver maniatado en el noveno B. El muerto es Aníbal Doliner, cuarenta y ocho años, profesor de biología en el Siglo de las Luces, un colegio secundario privado que está acá a cinco cuadras.

—Lo conozco; un colegio para repetidores y delincuentes juveniles de familias bien —comentó Ana María.

—Ajá —dijo Carrucci, y prosiguió—: Doliner era soltero, sin hijos, huérfano de padre y madre, evidentemente no estaba en pareja, pareja estable digamos, y tampoco debía tener amigos muy cercanos porque nadie lo extrañó. Nadie sabe nada de él desde que empezaron las vacaciones de invierno, de hecho. La última vez que lo vieron en el colegio fue el jueves 15 de julio. El portero tampoco recuerda habérselo cruzado recientemente. Cuestión que faltó a clase ayer lunes, volvió a faltar hoy, lo llamaron del colegio, nada, y hoy a la tarde mandaron a un preceptor, Gabriel Pinoli, a tocarle el timbre. Huelga decir que no hubo respuesta, ante lo cual el preceptor alertó al portero, que tenía llave. Se tomaron la libertad de entrar antes de llamarnos, en fin, pero aquí estamos —resumió Carrucci llenando el reducido espacio de su aliento a regaliz.

La claridad del relato sorprendió a Silvia Rey, acostumbrada a la ineptitud discursiva y a la jerga vetusta característica de la policía.

Apenas se abrió la puerta del ascensor en el noveno piso, el aroma medicinal que emanaba la anatomía de Carrucci fue inmediatamente disipado por una vaharada punzante de putrefacción. Una vez en el pasillo, el tufo de la muerte los penetró con indecencia y Silvia Rey sacó de la cartera una botellita con aceite de té, la destapó, dejó caer dos gotas en la yema del dedo índice y se untó con delicadeza por debajo de los orificios nasales. Hecho esto, se puso un barbijo quirúrgico sobre el cual agregó una mascarilla de tela. La fiscal la imitó. Carrucci observó el procedimiento con interés.

Dos cabos conversaban ociosos en la puerta del departamento, que estaba abierta, inexplicablemente. Cuando vieron a Carrucci y a las dos mujeres hicieron silencio.

—¿Cómo le va, subinspector? Ojo el piso ahí, pónganse esto —dijo el cabo, y les ofreció tres pares de cubrezapatos.

—La fiscal, doctora Rovigo, y la secretaria de la Fiscalía, doctora Rey —anunció Carrucci mientras Silvia Rey, aferrada a su brazo, se calzaba los cubrezapatos.

—Chicos, mejor cerramos, no se puede más de la baranda, los pobres vecinos... —dijo Ana María, y, dejando pasar primero a Carrucci y a Silvia Rey, entró al departamento y cerró la puerta.

La entrada daba directamente a un living comedor pequeño. Hacía un calor bochornoso. El cadáver estaba sentado en un sillón individual contra la ventana. Las manos atadas reposaban en el pubis. Tenía la cabeza caída sobre el pecho de modo que no se le veía la cara, pero al notar el color de la piel Silvia Rey comprendió que ya le quedarían pocos rasgos fisonómicos discernibles. Estaba sentado sobre un desmadre de sangre y líquido cadavérico, un mejunje negruzco que cubría el almohadón y el respaldo del sillón. Sobre la alfombra y en el parqué se había formado un charco opaco que ya era sólido y se estaba resquebrajando. Aun con los orificios nasales protegidos por el aceite de té, el olor a podrido atravesó los dos barbijos de la secretaria y le produjo una arcada vigorosa que disimuló tosiendo. La fiscal se puso guantes y abrió una ventana.

—Mejor, sí —aprobó Carrucci—, ya apagamos la calefacción, pero igual no se aguanta.

El oficial inspector Cano, a cargo del equipo de la policía científica, apareció desde el pasillo que conducía a la habitación.

—Buenas noches, subinspector, sus excelencias. Es tarde, así que voy al grano. Este pobre cristiano dejó el mundo allá lejos y hace tiempo. A ojo de buen cubero diría que lleva veinte días de finado, o dos semanas y monedas. Tiene lo que parece ser un orificio de bala justo en el puente de la nariz. Hablando mal y pronto, se la pusieron entre los ojos. Muy posiblemente, a quemarropa. No parecería haber orificio de salida, y no encontramos plomo ni casquillo, es decir, corto calibre, pero todo esto se sabrá bien después de la autopsia y de la balística. La fecha de óbito, también. Como pueden ver, le ataron las manos con alambre. No descarto que lo hayan golpeado, aunque es difícil saber en este estado; el informe forense nos dirá si tiene huesos rotos. El enchastre es sangre, líquido cadavérico, seguramente orina y demás; súmenle a eso la calefacción a todo lo que da durante dos semanas y tenemos como resultado esta sopita de muerto.

—Estaba bien alimentado —acotó Carrucci señalando la barriga prominente del cadáver.

—Son los gases tanáticos —explicó Cano.

Silvia Rey preguntó si la puerta había sido forzada.

—La cerradura está intacta —dijo Cano.

—¿Cómo entró al edificio el asesino? ¿Y cómo salió? —preguntó Ana María.

—Para entrar le tienen que haber abierto, si es que no tenía copia de la llave. Acá encontramos un juego de llaves, que es el de la víctima. Para salir no hace falta llave.

—Se conocían —dijo Carrucci.

—Puede ser. El otro viene de visita y de pronto lo encañona, lo ata y lo sienta acá. Buscaba algo. Guita. La bi-

26

lletera está vacía. No encontramos un peso. Capaz que el asesino creía que había más plata, este le dice que no, que sí, que no, y el otro, de pronto, *¡paf!* —ilustró Cano extendiendo el brazo rápido y gatillando con el pulgar—. O lo mata antes de irse simplemente porque se conocían.

—¿A quemarropa, dijo? —preguntó la fiscal.

—Posiblemente, dije, posiblemente —aclaró el forense.

—*Muy* posiblemente, dijo —lo corrigió Silvia Rey dirigiéndose hacia el pasillo.

El departamento parecía en orden. En la habitación, la cama de plaza y media estaba hecha y el pijama, doblado prolijamente debajo de un almohadón triangular, de esos que se usan para leer recostado. Sobre la mesa de luz estaba la billetera, que contenía la cédula de identidad, una tarjeta de débito y el carnet de un videoclub. Había también un libro de tapa dura. *The Molecular Basis of Skin Pigmentation: Understanding Oculocutaneous Albinism*, por Louise Chilcoate y Fabrizio Trevisan. En el cajón, una agenda, recibos de cuentas y una caja de Rivotril. Poca ropa en los placares. Decoración nula, austeridad en el mobiliario. Un ambiente monástico.

Siguiendo por el pasillo, antes de llegar al baño, estaba el estudio. Un escritorio cubierto de libros y papelerío, un archivo de metal con cuatro cajones llenos de carpetas ordenadas por año empezando en 1975 y un cesto de basura vacío. Una de las paredes estaba dominada por una biblioteca con estantes que iban desde el piso hasta el techo. Todas las ventanas daban a un patio interno rodeado de edificios similares o más altos. A pesar de ser un noveno piso, se notaba que era un departamento oscuro. Había una cocina, pequeña y opresiva, y un cuartito donde estaban la aspiradora, la tabla de planchar, los productos de limpieza y otros cachivaches.

—Esto sí que es interesante —señaló Cano cuando el subinspector, la fiscal y la secretaria volvían hacia el living comedor por el pasillo—. Lo encontramos en la heladera —dijo abriendo un bolso refrigerado. Era un estuche de cuerina negro con seis tubos de ensayo que contenían una sustancia bordó semilíquida.

—¿Sangre? —preguntó Silvia Rey.

—Hay que mandarlo al laboratorio —respondió Cano.

—¿No será ketchup? —tiró Carrucci con una sonrisa zorruna.

—Me interesan la agenda y el papelerío en el cajón de la mesa de luz. Ya iremos peinando el estudio de a poco —dijo Ana María.

—¿Computadora? —preguntó Silvia Rey.

—No encontramos —respondió Cano.

—¿Algo más? —dijo Ana María abriendo la puerta.

—Por ahora, no. Estamos tomando huellas, muestras de la alfombra, nos vamos a llevar la alfombra, de hecho, debe haber de todo ahí, lo mismo los almohadones del sofá. En los próximos días les iré haciendo llegar la data. Los preliminares de la autopsia, mañana mismo.

—Gracias, querido —dijo Carrucci.

Antes de salir, Silvia Rey le echó un último vistazo al cuerpo. Aníbal Doliner había perdido hacía tiempo el color que tienen los seres humanos y era un muñeco grotesco que se confundía con el sofá; un híbrido de cadáver y mueble, algo que bien podría haber parido la fantasía trasnochada de un artista plástico posmoderno. La fetidez, que invadía el ambiente y llegaba hasta el pasillo y al departamento de su vecino, era la última seña de su existencia. Mediante la diseminación de sus partículas pestilentes, el muerto llamaba la atención sobre su infortunio, exigía que se le dispensasen los últimos cuidados y se vengaba de los vivos invadiéndoles el cuerpo a través de la nariz. Por otra parte, el hedor insidioso contrastaba con la pasividad completa de sus miembros. La postura denotaba una vulnerabilidad e indefensión totales, de alguna manera preservando como una foto el instante del disparo.

Pasaban los años, pasaban los casos y Silvia Rey no se acostumbraba a ese espacio brutalmente prosaico que es una escena del crimen. No era horror ni bronca lo que sentía sino pudor. El espectáculo le resultaba escandaloso. La muerte violenta en general, el accidente y el suicidio, pero sobre todo el homicidio le daban más vergüenza que miedo. Luego de la agresión fatal el cuerpo se transforma en un despojo y queda a disposición de otros, de los agresores, de la policía, de los patólogos forenses. Un guiñapo de carne manipulado y manoseado, penetrado, cortado, pinchado, cosido, pegado.

—No me acostumbro a que haya gente que mata gente —dijo Carrucci cuando bajaban en el ascensor.

—Estaba pensando algo parecido —confesó Silvia Rey, encantada de descubrir una afinidad entre sus intelectos.

«Vamos a trabajar bien vos y yo, caramelito Media Hora», pensó.

4

A las siete de la mañana del día siguiente, Silvia Rey llegó a La Niña de Oro y encontró a su padre leyendo el diario.

—No pedí todavía —dijo al verla entrar.

Se encontraban para desayunar de lunes a viernes. Francisco Rey vivía a unas cuadras del bar, en la zona de las antiguas caballerizas. Después de la muerte de su mujer, con todo el dolor del alma, había decidido vender el departamento de la plaza San Martín y comprar algo más chico cerca de lo de su única hija, que por ese entonces vivía en Palermo con el marido.

—¿Es lo del tipo que mató a la mujer en Belgrano? —preguntó Francisco Rey.

—No, papá, eso fue hace rato. Es otra cosa, un profesor de biología, cerca de la plaza Las Heras.

Francisco Rey quiso detalles. Su hija prometió contarle todo a su debido tiempo.

El hombre llamó al mozo y pidió lo de siempre. Café con leche, dos medialunas de manteca y jugo de naranja para él. Lágrima en jarrito y tostadas de pan integral con queso blanco y mermelada para su hija. La luz del sol atravesaba los ventanales y calentaba el ambiente. Era una mañana helada. El bar se estaba llenando, la gente entraba con cara de frío, se frotaba las manos, se quitaba los abrigos y se dejaba reconfortar por el olor del café. Silvia Rey miraba a su padre con expresión de tedio, esperando la reprimenda.

—No sirve de nada ahora, pero te dije que era una estupidez pagar el hotel por adelantado.

—Sí, papá, tenés razón: no sirve de nada.

—Sos tan cabeza dura. ¿Cuánto era? ¿Necesitás plata? Yo no te puedo prestar en este momento. Siempre lo mismo vos, Silvia, es increíble.

Su voz se aflautaba y ascendía. Ella lo paró en seco.

—Una palabra más y me levanto y me voy.

—Bueno, ya está. ¿Viste lo del tipo que mató a la mujer en Belgrano? La estranguló con una media tres cuartos, la metió en la bañadera, la cortó en pedazos con una sierra, metió todo en bolsas de consorcio y las fue tirando por distintas partes del Riachuelo. La tipa le metía los cuernos.

Silvia Rey no solo estaba enterada, sino que había sido ella misma quien le había dado algunos de los detalles escabrosos. Lo de la media tres cuartos, por ejemplo. Les trajeron el desayuno y la atención de Francisco Rey se desplazó sin solución de continuidad a los actos de ingestión y deglución.

—Ayer fui a ver al contador, que tiene el escritorio en el Estrugamou, y me encontré con Horacito y la hija que salían de misa. Qué feúcha está esa chica, pobrecita —comentó entre bocados.

—Tiene hemiplejia, papá.

—¿Viste que los hemipléjicos mueven el brazo tipo guadaña? —dijo Francisco Rey mojando el cuerno de la medialuna en el café.

—¿Dónde estacionaste? —le preguntó su padre cuando salieron.

—Acá a la vuelta.

—Ah, bueno, te dejo que se me hace tarde. Si necesitás plata decime, ¿eh? En serio, qué tontería pagar todo por anticipado, sos igual a tu madre.

Silvia Rey lo vio alejarse y cruzar la avenida Santa Fe con lentitud, erguido y elegante; no como un típico anciano enclenque, sino como un *flâneur* viejo y avezado. Estaba por cumplir setenta y nueve años y era viudo desde hacía casi una década. La viudez, que para las mujeres puede ser heraldo de una nueva edad de oro, para los hombres suele ser una sentencia de muerte. O así dicen. En el caso de Francisco Rey el estereotipo se había revertido. «Obvio», pensó Silvia Rey, «si es gay...» Siempre lo había pensado.

Encendió el auto y empezó a sonar Calamaro a todo volumen. Bajó un poco los decibeles, buscó «Paloma» y arrancó. Abrió apenas la ventanilla y un chicotazo de aire frío en la cara la transportó por una milésima de segundo a Ushuaia, las últimas vacaciones con su exmarido, una mañana camino al Cerro Castor después de una noche pesadillesca, la enésima y lapidaria confirmación de que entre ellos ya no quedaba sino despecho y resentimiento. Terminó «Paloma» y la volvió a escuchar. «Calamaro canta mal, pero bien», pensó, «como la gente que es fea, pero sexy.»

«Le dije a mi corazón, sin gloria pero sin pena, no cometas el crimen, varón, si no vas a cumplir la condena», acompañó Silvia Rey, desafinada.

Manejaba rápido y zigzagueaba entre los autos. A pesar de las vacaciones canceladas y el dinero seguramente desperdiciado, estaba de buen humor.

En el semáforo de Libertador y Austria aparecieron tres chicos harapientos que no podían tener más de diez o doce años y se plantaron frente al batallón de autos como toreros. El más alto tenía una gorra de los New York Yankees. Se adelantó e hizo una reverencia. Acto seguido, y en perfecta sincronía, el trío dio comienzo a un espectáculo de malabarismo. Cada uno tenía tres mandarinas. Las arrojaban sobre sus cabezas con una destreza prodigiosa, a toda velocidad, y se movían haciendo una coreografía complejísima, como dibujando el símbolo del infinito sobre la senda peatonal. Silvia Rey miraba incrédula. Pasaba por ahí todos los días y era la primera vez que los veía. El movimiento de sus cuerpos, los brazos por arriba, las piernas por abajo, y el de las nueve mandarinas en el aire componían un cuadro hipnótico. «No parecen reales, tal vez sean duendes», pensó. Abrió la billetera y sacó uno de veinte. Segundos antes de que cambiara a verde, el más petisito se acercó a su auto y recibió el billete con ojos vacíos. En tono robótico y sin mirarla, enunció «Gracias, doña». Silvia Rey cerró la ventanilla, arrancó y puso «Paloma».

5

Cuando llegó a la fiscalía, llamó al hotel en Búzios. A base de ruegos y tras una negociación extenuante con el gerente, consiguió postergar la estadía pagando un cambio de tarifa.

—¿Para cuándo reservaste? —le preguntó Ana María, que la había escuchado discutir en portuñol.

—Para el 15 de septiembre.

—Pero si esto se liquida en una semana...

—Por las dudas. No tentemos al diablo —dijo Silvia Rey.

El día anterior antes de irse había ordenado su despacho, había dejado el escritorio limpio de papelerío y se había despedido de ese espacio en el que transcurría la mayor parte de su vida; años enteros, seguramente, si uno sumaba las horas. Cuando abrió la puerta y lo vio tan prolijo, tan quieto, la invadió esa forma de perturbación que uno siente cuando cambian abruptamente los planes, se borra una línea temporal, se dibuja otra, uno vuelve a un lugar en el que no debería estar en aquel momento y el espacio, por más familiar que sea, se le antoja extraño.

Sonó el teléfono. Era Carrucci. Su voz le trajo el olor a regaliz y el color mostaza del traje del subinspector, y se echó para atrás reclinando la silla. Carrucci enumeraba gente con la que consideraba que era importante hablar.

—Karina Bertolotto —repitió ella.

—Sí, es profesora de matemática en el Siglo de las Luces, conocía bastante a Doliner, parece —explicó Carrucci—. ¿Se la mandamos directamente a ustedes?

—Sí, simplifiquemos. Yo estoy acá todo el día, igual; toda la semana, por desgracia. Mándela. Y a los otros.

—¿Qué te parece si nos encontramos a la tardecita para intercambiar apuntes? —propuso Carrucci, que había pasado al tuteo de pronto.

La invitación sorprendió a la secretaria. Era inusual un encuentro así, cara a cara. Era innecesario.

—Bueno, está bien. ¿A las siete? ¿En La Niña de Oro le queda bien?

—¿La Niña de Oro? Bar de faloperos. Sí, está bien —dijo Carrucci.

Tocó la puerta Klibansky, el auxiliar de mesa de entrada, y anunció que había llegado Gabriel Pinoli, el preceptor.

—Hacelo pasar y avisale a Ana María.

—La doctora acaba de salir.

—Ah, cierto. Bueno, hacelo pasar. Klibansky, ¿podés creer que estoy acá? —rezongó Silvia Rey.

Klibansky le devolvió una mirada de compasión.

Pinoli, un joven alto con musculatura de gimnasio y bronceado de cama solar, aportó migajas. Conocía poco a Doliner, con quien no había intercambiado más que ocasionales buenos días y hasta luegos.

35

–Era muy callado –dijo.

–¿Por qué lo mandaron a usted a tocarle el timbre? –inquirió Silvia Rey.

–No sé, yo me estaba yendo, la rectora me vio en el pasillo y me mandó que vaya.

Cristina Zamarbide, la rectora, confirmaría más tarde que se trató del más puro azar; Pinoli estaba ahí, simplemente. Tampoco ella fue de gran ayuda. Había asumido como rectora hacía poco más de un año y apenas conocía a la víctima. Doliner daba clases en el colegio desde hacía casi dos décadas. Era un hombre muy reservado, «muy correcto», y la rectora no recordó haber hablado con él jamás de algo que no estuviese estrictamente relacionado con el trabajo. Enseñaba biología de tercero y cuarto año. Trabajaba cuatro días por semana, en el turno de mañana, especificó Zamarbide, que articulaba lentamente y con claridad meridiana. Como dato de color, señaló que Doliner usaba la misma ropa todos los días.

–Pero todos los días, eh, nunca lo vi vestido de otra manera. No parecía un hombre sucio, de todos modos, debía tener varias mudas del mismo atuendo.

–Como Batman –dijo Silvia Rey.

Cuando Zamarbide describió el atuendo, la secretaria constató que era el mismo que el profesor tenía puesto en el momento de su muerte. Blue jeans, camisa a rayas y chaleco negro con botones blancos.

Entre la rectora y el portero, Silvia Rey tomó un cortado a los apurones y llamó a su padre para asegurarse de que hubiese llegado a su casa sano y salvo. Francisco Rey se hizo el ofendido ante las dudas sobre su entereza física. Su hija lo aplacó, le preguntó qué iba a almorzar. Quedaron en hablar más tarde. Palabras más, palabras menos, una comedia que ponían en escena todos los días a media mañana.

A las once y cuarto, Klibansky hizo pasar a César González, el portero, un hombre menudo con bigote tupido y pelo negro rizado, casi mota. Estaba recién afeitado y tenía un corte en la barbilla que había cubierto con una tirita de papel higiénico. Silvia Rey notó que se había arrancado los pellejos de varios dedos. Estaba nervioso. Tribunales puede tener ese efecto en la gente.

El portero confirmó que Doliner era un hombre de pocas palabras. De lunes a jueves salía a eso de las siete y media de la mañana y volvía pasado el mediodía, aseguró. Nunca lo había visto entrar al edificio acompañado.

–¿Nunca? ¿Está seguro? –presionó Silvia Rey.

El portero estaba seguro.

–Tenía alumnos que iban a su casa, alumnos particulares –agregó.

La secretaria anticipó un número potencialmente abrumador de entrevistas a adolescentes y a sus padres. «No, no tiene sentido. Llamaremos a los más recientes nomás», pensó. Se preguntó si Ana María habría vuelto del gimnasio.

–¿Recuerda otras visitas que haya recibido el profesor?

–La verdad que no. Pero capaz recibía gente. Qué sé yo. No me paso el día en la puerta –aclaró el portero reprimiendo su irritación sin demasiado éxito.

Silvia Rey le preguntó si recordaba algún inconveniente que hubiese involucrado a Doliner.

–Cualquier cosa, una queja, un chisme, ruidos u olores molestos.

El portero le aconsejó que hablase con el vecino del noveno A, Carlos Garramurdi.

–Un día hace tiempo, tres o cuatro meses, escuché una conversación entre Garramurdi y la señora del octavo B, que se llama Rosalía Salustio –empezó el portero, y se corrigió de inmediato–, que se llamaba. Falleció hará cosa de un mes.

La secretaria alzó las cejas indicando interés y González retomó el relato.

—El señor Garramurdi se estaba quejando de ruidos en lo de Doliner, a la noche dice, y la señora de Salustio decía que ella también había escuchado que movían muebles, ruido de gente, voces, bardo así en general, ¿vio?, como que había una fiesta.

—¿Vive alguien hoy en el octavo B?

—No, está vacío desde que falleció la señora —dijo González.

—¿Qué le pasó a la señora?

—Se tropezó con la alfombra, se rompió la cadera, la operaron y no se despertó de la anestesia.

Cuando se fue el portero, Silvia Rey llamó a Carrucci y le pidió que hablase con el vecino del noveno A. Klibansky tocó la puerta y le anunció que Karina Bertolotto estaba confirmada para las tres de la tarde.

—¿Volvió la doctora? —preguntó la secretaria.

El joven le confirmó que sí y Silvia Rey se dirigió a la oficina de la fiscal.

—¿Pedimos la comida? —preguntó la fiscal cuando vio a la secretaria asomar la cabeza.

Almorzaron en la oficina de Ana María y Silvia Rey le resumió los testimonios de la mañana.

—Esto tiene olor a culo —dijo la fiscal.

—¿En qué sentido?

—En sentido literal. Un taxi boy.

Silvia Rey rio.

—Puede ser.

La fiscal anunció que tenía una reunión esa tarde. No era inusual que delegase las declaraciones testimoniales en la secretaria. Lo mismo, el trato con la policía. Silvia Rey volvió a su oficina y se sirvió el último café del día. Lo bebió de a sorbitos mirando por la ventana que daba a la plaza Lavalle. Cerca de la fuente de los bailarines había una clase de taichi. Siete alumnos y el instructor se movían como si estuviesen abajo del agua. Un anciano de bigote y boina que paseaba a su perro los observaba con curiosidad. De la rama pelada de un gomero colgaban dos zapatillas atadas por los cordones. A los pies del árbol, recostado contra el tronco y con el sol en la cara, un mendigo dormía la mona. Un viento frío que venía del sur perturbaba los chorros de agua en la fuente. «La plaza más linda de Buenos Aires», pensó Silvia Rey.

6

–Una vez estábamos fumando un cigarrillo en la plaza y empezó a despotricar contra el mundo. Estaba harto de todo. De pronto sacó un billete de..., no me acuerdo, como decirte cincuenta pesos, mucha plata..., y le prendió fuego. Yo le dije «Qué hacés, ¿sos loco?», y él dijo que quemar plata es la única forma de sacrilegio que nos queda. Era un hombre torturado. Piense, doctora, lo que construyó: nada. No tiene a nadie que lo llore, a nadie que lo vaya a extrañar, a nadie que lo vaya a recordar con afecto, ¿usted se imagina semejante grado de soledad? ¿Pasar por la vida y no dejar absolutamente nada a tu paso? ¿Nada de nada? Es tristísimo y aun así no hay nadie que llore, qué paradoja –exclamó Karina Bertolotto.

La profesora de matemática había hablado de manera casi ininterrumpida desde que se había sentado. Silvia Rey tenía que hacer esfuerzos prometeicos para deslizar sus preguntas en la maraña impenetrable que era el soliloquio ese.

–Pero ¿no me dijo hace un rato que tenía sus proyectos, que investigaba cuestiones de genética?

–De genética y teratogenia, sí –confirmó Bertolotto.

40

—Y bueno, ¿no es posible que tuviese un círculo de conocidos, colegas, amigos incluso, del mundillo de la biología? –insistió Silvia Rey.

La profesora de matemática estaba convencida de que eso era imposible. Aníbal Doliner era el mayor misántropo con el que jamás hubiese tratado.

—Había algo en él que no estaba bien, tenía el alma torcida, no sé cómo explicarlo. Cuando me enteré de lo que pasó me shockeó, por supuesto, fue un shock terrible, sigo en shock, pero mentiría si le dijera que estoy sorprendida –dijo Bertolotto.

Ya había expresado algo similar al empezar la entrevista. Silvia Rey le había pedido entonces que se explayara sobre esta sensación, que explicara sus razones, que «fun-da-men-ta-se». La profesora de matemática había evadido la pregunta entonces y planeaba evadirla también ahora, pero esta vez la secretaria no lo permitiría.

—No, explíquese. «El alma torcida» y «el aura oscura» son metáforas que no me dicen nada. Usted se dedica a las ciencias exactas, no me venga con pensamiento mágico.

Karina Bertolotto se echó hacia atrás en la silla y la atención de Silvia Rey recayó sobre el botón de un pantalón al menos dos tallas más chico que apenas contenía una barriga considerable. Era como un corcho tapando una fisura en la represa de Yacyretá. «En cualquier momento el rollo desborda, el botón sale volando y me saca un ojo», pensó la secretaria.

—Como le dije antes, yo tuve una muy breve amistad con él. «Amistad» es hiperbólico, un período de discreta camaradería –dijo Bertolotto.

Ya había mencionado esto, era cierto, pero ahora la mujer agregó datos que constituirían el único aporte de valor en su alambicado testimonio. Habían almorzado juntos más de una vez, sí. Una vez habían ido al cine a ver *Fin de semana de locura.*

—La del muerto —dijo Silvia Rey.

—Bernie —aclaró Bertolotto.

—Sí, buenísima —acotó la secretaria.

«Solían tomar café en la sala de profesores durante los recreos. Doliner hablaba poco. Y claro que hablaba poco, pobre hombre», pensó Silvia Rey, «si la tipa no te deja meter bocadillo.» Sin embargo, al parecer, durante aquellos encuentros el profesor de biología algo habló de sí mismo. Y en más de una ocasión, reveló Bertolotto, se refirió a algunos proyectos profesionales en los que estaba enfrascado.

—Dijo que estaba tratando de publicar algo sobre el código genético de un feto con malformaciones severas, no recuerdo exactamente de qué índole eran las malformaciones, pero era un espécimen monstruoso; una investigación que estaba haciendo por su cuenta, parte en el laboratorio del colegio fuera del horario de clase y parte en su departamento. Le había comprado el feto a un enfermero del Hospital Rivadavia. Esto es un delito, desde luego. Nadie le iba a publicar algo así. Él lo sabía, pero apostaba a que, ante la importancia de su descubrimiento, todas estas cuestiones fuesen a volverse irrelevantes. Era un delirio, se lo dije. Habló de otros proyectos. Tenía varios, todos relacionados con genética humana, teratogenia y el problema de la evolución. Era antidarwinista o, mejor dicho, antedarwinista en el sentido de «protodarwinista», así se definía. Él quería trabajar en un laboratorio, tenía aspiraciones que iban mucho más allá de las paredes de un colegio secundario de barrio. Es un clásico. Los colegios secundarios son cementerios de aspiraciones académicas. No sé cómo terminó lo del feto monstruoso. Nunca más volvió a tocar el tema y, poco tiempo después, dejamos de hablar. Pero lo que quiero decir es que era un hombre lleno de frustraciones y eso se veía en su aspecto gris, en su forma de moverse, lenta, incómoda, como siguiendo el compás de un ritmo oscuro que le venía del alma.

–Usted debería ser profesora de literatura –dijo Silvia Rey.

Más allá de la veta poética de Bertolotto, dos detalles llamaron la atención de la secretaria. El primero era la compra del feto, que evidenciaba ambición profesional y carencia de escrúpulos. El segundo se desprendía del primero; un hombre con semejante energía vocacional no deja de tener proyectos de un día para otro. En el momento de su muerte, Doliner sin duda debía tener algo entre manos. Dado el antecedente de tráfico de restos humanos, no era descabellado conjeturar ulteriores roces con la ilegalidad, alguno de los cuales podría haber estado relacionado con el homicidio. Era imperativo averiguar qué estaba haciendo el profesor en los meses que precedieron al crimen.

Camino a La Niña de Oro esa tarde, con «Paloma» sonando una y otra vez en el auto, Silvia Rey tuvo una idea. Hablaría con su amigo Esteban Solari y le pediría que la pusiese en contacto con su hijo, José María, el biólogo. El joven podía ayudarla a peinar los archivos de Doliner. Había un problema. En la repartición de amigos, Esteban le había quedado a su exmarido. Ni siquiera tenía su número de teléfono. Tendría que hacer la llamada fatal. Su ex malinterpretaría el gesto. O lo interpretaría perfectamente y propondría un encuentro. El encuentro sucedería. Al principio sería tenso y áspero, pero con el fluir de los whiskies se iría lubricando. Derivaría en una escapada a algún telo y concluiría en la depresión más abyecta y en el autodesprecio, una resaca espiritual que duraría al menos dos días. Y después todo volvería a la normalidad.

«¿Conozco algún otro biólogo?», pensó Silvia Rey.

—¿Por qué te gusta este bar de faloperos? —quiso saber Carrucci cuando llegó a La Niña de Oro envuelto en una nube de olor a regaliz.

Vestía un traje azul marino y los mismos zapatos de la noche anterior, que lucían recién lustrados. La coquetería anacrónica del subinspector desentonaba con el desenfado de la súbita y unilateral transición al tuteo. «¿Y esa alternancia de lunfardo y registro formal? ¿Es simplemente el personaje que hace, o viene de muy abajo y aprendió algunos modales que se ocupa de sobreactuar?», se preguntó Silvia Rey. Tenía intriga genuina.

—Jamás vi a nadie tomando cocaína acá —dijo la secretaria.

—Miralo a ese. —Carrucci señaló con los ojos a un hombre que tomaba un trago largo, solo en una mesa junto a la barra—. Está más duro que cachetada de estatua. Mirale la mandíbula, parece el Pacman.

El hombre rechinaba los dientes con encono.

—Así no hay placa de bruxismo que aguante —dijo Silvia Rey—. Bueno, ¿qué tenemos?

Carrucci venía de la morgue. Tal y como había anticipado Cano, Aníbal Doliner había muerto a causa de un disparo en la cabeza. El punteado en la piel, exactamente entre los ojos, indicaba que se había tratado de un disparo a quemarropa. Una bala de revólver calibre 32 había quedado alojada en el cerebelo. Esto significa que la víctima estaba sentada y el asesino disparó de pie, en diagonal y hacia abajo, argumentaba el informe preliminar. Pero había más.

–Tenía varias fracturas en la cara. La mandíbula rota, acá también –Carrucci se tocó la ceja derecha–; «fractura orbitaria» se llama; y el tabique nasal estaba hecho puré. Le dieron para que tenga, para que guarde y para que reparta.

El informe también estimaba que la fecha de muerte había sido el 16 o el 17 de julio, es decir uno o dos días después de que el profesor fuese visto con vida por última vez. Para los resultados de las otras muestras tomadas en el departamento había que esperar.

–Cuánta violencia –dijo Silvia Rey.

–Pasa bastante. A la gente que es sola, sobre todo. Los atan y los cagan a palos para que digan dónde tienen el canuto. Capaz el asesino, que lo conocía, sabía que había más guita en la casa –aventuró Carrucci.

–Sí. Es posible.

Cuando Silvia Rey resumió las entrevistas del día y compartió con Carrucci sus sospechas acerca de las investigaciones científicas clandestinas de Doliner, el subinspector se mostró escéptico.

–No, esto es algo mucho más pedestre, ojalá el mundo fuera así de interesante –sentenció, y de inmediato volvió sobre sus pasos–: Aunque, ojo, a veces el mundo sí te sorprende, eh. –Carrucci entonces recordó algo gracioso que había pasado esa mañana afuera del edificio de la calle Juncal–. Estábamos en el hall de entrada hablando con el portero cuando de pronto se escucha una miniexplosión, como de Chaski Boom, y una paloma que estaba picoteando algo en el cordón de la vereda cae redonda dada vuelta con las patitas que le tiemblan. Me acerqué y ya estaba muerta. Tenía un agujero en el ojo. Al ver esto –siguió Carrucci–, el portero gritó: «¡Otra vez, la puta que te parió, vieja de mierda!».

Silvia Rey lo escuchaba boquiabierta.

–Resulta que, en el edificio de enfrente, en el segundo piso, vive una señora que se divierte haciendo tiro al blanco con las palomas. Usa un rifle de aire comprimido. Ya tuvo problemas con la policía varias veces. Decí que tira al ras del suelo y nunca lastimó a nadie. Uno de mis cabos la conocía. Cuando volvimos a la comisaría le conté al inspector y me dijo: «Sí, la vieja matapalomas..., un personaje» –concluyó Carrucci.

–La vieja matapalomas. Qué genial –dijo Silvia Rey, y confesó que, de vieja, se veía más matando palomas que yendo a la plaza a darles de comer.

–Qué bicho asqueroso –acotó Carrucci.

–Son ratas con alas.

Cuando salieron del bar había refrescado y la secretaria se envolvió la bufanda hasta la nariz.

–¿Querés ir a comer algo? –propuso el subinspector.

–No exageremos, Carrucci.

7

Sentada frente a su padre a la mañana siguiente, mientras lo veía hacer fondo blanco con el jugo de naranja, Silvia Rey no consideró del todo improbable la idea de que lo de Aníbal Doliner hubiese tenido que ver con alguna mafia del mundo de las ciencias naturales. Si el tipo traficaba desechos hospitalarios o animales –mismo restos humanos; material genético, por ejemplo–, no era descabellado pensar que se hubiese metido con gente peligrosa. Que debiese un dinero importante. Que supiese demasiado sobre alguien. Que alguien hubiese decidido silenciarlo. Había que desentrañar la cuestión de sus actividades extracurriculares.

Estaban en la mesa de siempre, la mesa donde se había sentado con Carrucci la noche anterior. «Van a tener que poner una placa recordatoria cuando nos muramos», pensó.

–Vi lo del profesor de biología en el noticiero –dijo Francisco Rey–, lo mató un taxi boy, como al chico de Guillermo.

El hijo de su amigo Guillermo había llevado un taxi boy a su departamento, habían discutido por cuestiones de dinero y se habían ido a las manos. El hombre en un momento trastabilló, se golpeó la cabeza contra el piso y

47

murió unas horas más tarde. El taxi boy fue arrestado al día siguiente.

–Pobrecito, te acordás, ¿no? Se incrustó la punta del aparador en la cabeza y se murió de tétano –prosiguió Francisco Rey.

–Ese fue tu primo, papá, en el campo, hace dos mil años. El hijo de Guillermo se murió por un hematoma epidural.

–Ah, tenés razón –dijo su padre mientras engullía un bocado de medialuna–. ¿Era homosexual el profesor este?

Silvia Rey le dijo que no estaba claro. Entonces cayó en la cuenta de lo poco que sabían sobre la vida de Aníbal Doliner. ¿Y si había sido algo de naturaleza sexual? ¿Un intríngulis de celos? ¿Un crimen pasional?

Camino a la fiscalía se cruzó con el espectáculo de los tres malabaristas en el semáforo de Libertador y Austria. Esta vez se concentró en el mayor, el líder, que era también el más diestro. Tan seguro de sí mismo estaba, tal era su habilidad, que sonreía, cerraba los ojos y hacía morisquetas mientras lanzaba y atajaba las mandarinas a una velocidad desorbitante. Era puro carisma el chico. «Difícilmente llegue a los veinte años», pensó Silvia Rey. Fue él mismo quien se acercó a su auto con la gorra. La secretaria le dio diez pesos. El chico exclamó «¡Ehhhh, grande, doña!», e hizo un bailecito celebratorio que coronó con una rápida reverencia. Ella cerró la ventanilla, puso primera y arrancó. Si voy al teatro, entre pitos y flautas, gasto el doble, pierdo mil veces más tiempo y lo más probable es que me coma un bodrio hecho por una manga de narcisistas sin talento, se dijo.

Cuando llegó a la fiscalía, acababan de hacer café. Sin

desensillar, fue a ver a Ana María para repasar la agenda del día. Antes del mediodía les tomarían declaración indagatoria a dos alumnos particulares de Doliner.

Por fin en su despacho, Silvia Rey cerró la puerta, fue hasta la ventana y soltó un pedo largo y cristalino que tenía atravesado desde hacía rato. El sol entraba por la ventana y calentaba la madera del escritorio dándole un brillo como de barniz. Se sentó, encendió la computadora, se sacó los zapatos y se frotó los pies vigorosamente. En mañanas de sol como esa, con ese olorcito a café recién hecho, su oficina era el rincón más acogedor del mundo.

–Sergio Mancuso, doctoras -anunció Klibansky, y entró a la oficina un chico alto y flaco, de pelo largo, con las mejillas horadadas por un bruto caso de acné.

–Sentate, Sergio. Sabés que tenés que decir la verdad acá porque si no estás cometiendo un delito, ¿no? –dijo Ana María.

–Sí, sí –respondió el joven.

–Bien. ¿En qué año estás? –empezó la fiscal al tiempo que Silvia Rey se acomodaba para tomar notas.

–Cuarto –respondió el chico.

Sergio Mancuso se había llevado biología primero a diciembre y después a marzo. Cuando desaprobó también en marzo, sus padres decidieron que tomaría clases particulares.

–Y aprobaste en julio, ¿no? ¿Era buen profesor Doliner? –preguntó Silvia Rey.

–Sí, aprobé. Era bueno. Muy claro –confirmó Mancuso.

–¿Es normal tomar clases particulares con tu profesor del colegio? Digo, como después es él quien te toma examen –quiso saber la fiscal.

—Era un secreto, Doliner me ofreció clases con él después de que me bochó en marzo, y me pidió que no diga nada.

—¿Y vos no le dijiste a nadie? ¿A tus padres no les pareció poco ético?

—No le dije a nadie, no. A mis viejos no les importaba, querían que apruebe y chau.

—¿Alguna vez pasó algo inusual? ¿Viste algo que te llamase la atención en el departamento? ¿Doliner dijo algo que no estuviese relacionado con la lección? —preguntó Silvia Rey.

—No, nunca. Hablaba solo de biología. Nunca vi nada raro, no. Creo que nunca fui ni al baño en su casa.

—¿Y nunca sucedió nada fuera de lo común durante la clase? —La que insistía era Ana María.

—En las clases particulares, no.

—¿Y en el colegio?

—Una vez. Sí. Teníamos prueba y él estaba sentado en el escritorio vigilando que nadie se copie y de pronto dio un golpe terrible con la mano sobre el escritorio. Todos pensamos que había agarrado a alguien con un machete, pero no. Dio un golpe terrible con la palma de la mano y gritó: «¡País de mierda!». Y volvió a gritar: «¡Qué país de mierda!».

—¿Y qué pasó? —preguntó Silvia Rey.

—Nada, eso. Nos asustamos.

—¿Cuándo fue esto?

—A principio de año. No sé. En abril, por ahí.

—¿Y no dijo más nada?

—No.

—¿Volvió a pasar algo así? —preguntó la fiscal.

—No. Esa vez nomás. Estaba reloco.

—¿Qué te hace pensar que estaba loco?

–Eso. Cómo gritó. De la nada.

La fiscal y la secretaria se miraron. Silvia Rey le agradeció al chico por su tiempo.

Cuando se fue Sergio Mancuso, entró Alejandro Kang, otro alumno del Siglo de las Luces. Al igual que Mancuso, Kang declaró que Doliner le había ofrecido lecciones particulares en secreto después de desaprobarlo en un examen final. Durante dos meses, Kang tomó clases una vez por semana en el departamento del profesor. Su testimonio coincidió con el de Mancuso en lo referido al comportamiento de Doliner. También Kang describió una personalidad lacónica y reservada. Precisamente por ello se sorprendió tanto un día, recién empezada la clase, cuando Doliner le dijo que no se sentía del todo bien, que tenía la presión baja y que era mejor si posponían la lección. Kang aceptó y se disponía a marcharse cuando el profesor lo invitó a que se quedara a ver un documental. El joven aceptó. No quería ofenderlo. Su anfitrión, entonces, le sirvió un vaso de Coca-Cola y vieron un programa de la BBC que Doliner tenía grabado, un programa sobre el albinismo en el reino animal.

–Monos albinos, cocodrilos, murciélagos. Muy loco. En un pueblo de Estados Unidos, no me acuerdo el nombre, hay una colonia de marmotas albinas. Decían que cualquier animal puede nacer albino. Y que son mucho más vulnerables a los depredadores –recordó Kang.

–Claro, no se pueden camuflar –dijo Silvia Rey.

–Salvo que vivan en el polo –acotó Ana María.

–Pero ahí todos los animales son albinos: las focas, los zorros, los osos, hasta los ratones –repuso Silvia Rey.

–Que sean blancos no quiere decir que sean albinos –la corrigió el chico.

La fiscal entonces le puso coto a la digresión y pidió

detalles sobre la actitud del profesor mientras veían el documental.

Kang dijo que Doliner no hizo comentarios ni dijo nada en ningún momento, salvo para ofrecerle más Coca-Cola. Cuando terminó el programa, que debió durar una hora, o un poco menos, Kang se despidió y eso fue todo.

—Un crápula el tipo —dijo la fiscal cuando estuvieron solas—. Bochar a los chicos y después ofrecerles clases particulares para llevárselos a su guarida...

—Y eso de invitar al chico a ver un documental... —agregó Silvia Rey.

—Un degenerado —acotó la fiscal—. Para mí, te dije, lo mató un pibito que se llevó al departamento.

—¿Y por qué lo torturó?

—Estaba convencido de que había más guita.

—Le pegaron un tiro muy bien pegado, eh. Para mí, fue un profesional —dijo la secretaria.

—El profe era un pedófilo, Silvia.

—¿Vos decís?

—Ponele la firma. Oíme, tengo reunión de padres en el colegio de Panchi esta tarde. ¿Te ocupás vos de lo que queda?

Mientras almorzaba una ensalada, sola y de pie mirando por la ventana, Silvia Rey recordó el libro sobre la mesa de luz de Doliner. *Albinismo y pigmentación*. Hizo una nota mental que luego no olvidó transcribir en su libreta.

8

Esa tarde, Silvia Rey calentó agua para hacer mate y abrió un paquete de bizcochitos de grasa. Se disponía a dar cuenta de la merienda criolla cuando entró a su oficina la fiscal.

—¿No tenías reunión de padres vos?

—Lo mandé a Roberto. Me dio una fiaca terrible a último momento —explicó Ana María.

—Un ataque de fiaca fulminante.

La fiscal se sentó y manoteó un bizcocho. Habló mal de su marido un rato y luego pasaron en limpio lo que les había dejado la jornada. Primero estaba aquel exabrupto de Doliner en el colegio durante un examen, un episodio acaso revelador de algún drama privado que el hombre estaba atravesando en los meses anteriores a su muerte.

—Una gran frustración, ¿no? Suena a eso «qué país de mierda» —dijo Ana María.

—Tal vez se acababa de enterar de que no va a haber próxima temporada de *Gasoleros* —dijo la secretaria.

Las dos mujeres rieron.

—Raro que no tuviese computadora. Un investigador sin computadora en la casa... —dijo Silvia Rey.

—¿Vos decís que sí tenía y que el asesino se la robó? ¿Faltaba alguna otra cosa?

—No sabemos.

—Bueno, un bizcochito más y me voy —anunció la fiscal.

Ya estaba anocheciendo cuando llamó Carrucci. Había intentado concertar un nuevo encuentro en La Niña de Oro, pero esta vez Silvia Rey prefirió hablar por teléfono. Estaba cansada, hacía frío y quería volver a su casa temprano. Iba a pedir comida china, arrolladitos primavera, chau fan con pollo y salsa agridulce. Planeaba darse un baño caliente con sales y tirarse a leer en el sofá envuelta en la bata de baño. Acababa de empezar una novela de P. D. James sobre una joven que está convencida de que es adoptada.

El subinspector compartió noticias sobre la búsqueda, hasta el momento infructuosa, de testigos relevantes y del arma homicida. Habían revisado alcantarillas y contenedores de basura en las calles aledañas. Habían hablado con vecinos, incluido el del noveno A, Garramurdi, que se había quejado de ruidos molestos pero que no aportó mucho más que eso. Tampoco el kiosquero, ni el diariero ni los mozos del bar de enfrente recordaban haber visto u oído nada fuera de lo común en las fechas en cuestión. Habían pasado más de dos semanas, era muy difícil que cayesen frutos comestibles del árbol de la memoria por más fuerza con que uno zamarrease. Los que conocían a Doliner tampoco aportaron información relevante. Uno de sus agentes estaba revisando las grabaciones del único edificio de la cuadra que tenía un sistema de cámaras de circuito cerrado que grababa y no solo filmaba. Pero era un edificio de la vereda de enfrente y, sin certezas sobre la fecha exacta del crimen, las probabilidades de encontrar algo de interés eran prácticamente nulas.

—¿Y los archivos de Doliner?

—No lo mataron por los disparates que investigaba, pero para darte el gusto me quemé las pestañas estudiando. Encontré cosas interesantes, te va a gustar. Escuchá —dijo Carrucci, y contó que entre 1990 y 1993 el profesor había llevado a cabo una serie de experimentos con aves en el marco de un proyecto de teratogenia, la rama de las ciencias naturales que se ocupa de la producción de monstruosidades a través de la manipulación genética y fisiológica.

»Tipo Frankenstein —ilustró Carrucci. Y, ante la reacción de incredulidad de Silvia Rey, agregó—: No, no es un chiste; y esto no es nada, esperá.

Doliner, según refirió Carrucci, había replicado los experimentos de un tal John Hunter, un cirujano escocés que vivió en el siglo XVIII y en quien, según algunos, se inspiró Mary Shelley para crear el personaje de Victor Frankenstein. Carrucci a continuación explicó con cierta dificultad lo que había sacado en limpio del experimento en cuestión.

—¿Castró un gallo e injertó los testículos en el abdomen de una gallina? —exclamó Silvia Rey.

—Hunter hizo eso. Doliner experimentaba con palomas. Pero sí. Parece ser que después de muchísimos intentos los testículos se adhirieron al intestino de la hembra, pero no produjeron testosterona o algo así. El objetivo era diseñar un hermafrodita, pero le salió mal —concluyó Carrucci.

Habían encontrado también cartas de varias revistas científicas. Ningún integrante del equipo sabía inglés, de modo que no habían podido leerlas. Silvia Rey constataría luego que se trataba de notificaciones de rechazo de dos artículos que había escrito Doliner.

—Seguro que alquilaba laboratorios en clínicas privadas o en hospitales. Lo que habría que esclarecer es su red de contactos en el mundo de la medicina —dijo el subinspector.

—¿Encontraron algo relacionado con el albinismo?

Carrucci respondió que no.

—En una escena del crimen, las cosas más misteriosas suelen ser una guía más que un obstáculo —reflexionó la secretaria. Tenía razón, según Carrucci. Pero ¿qué había de misterioso acá?

—La personalidad de la víctima. Sus intereses estrafalarios. Sus métodos cuestionables. Sus roces con el delito. Y el tema de la computadora —dijo Silvia Rey.

—¿Qué computadora?

Silvia Rey dijo que era raro que Doliner no tuviese computadora y sugirió que acaso hubiese sido robada.

—Qué computadora ni computadora, ni siquiera tenía conexión a internet —exclamó el subinspector.

Pendiente en el trasfondo estaba, además, la cuestión financiera. Coincidieron en que el alquiler clandestino de un laboratorio había de suponer un gasto considerable. Un sueldo de docente seguramente no alcanzase para costear semejante pasatiempo. Todo esto se aclararía cuando el banco les mandase el detalle de las finanzas del muerto.

Esa noche, después de un festín de pollo en salsa agridulce, Silvia Rey abrió la galletita de la suerte. El mensaje decía: «Tienes un admirador secreto». Pensó en Martín, el auxiliar escribiente, que a veces la miraba con hambre, sobre todo por la tarde, cuando el ambiente en la fiscalía se relajaba. Se le cruzó por la cabeza un juez de cuyo nombre mejor no acordarse. Pensó en Carrucci.

Fue al baño, empezó a llenar la bañadera, prendió una vela aromática y se desnudó. Frente al espejo, de costado, metió panza, se alzó los senos y arqueó la espalda hasta hacerla sonar. Se ató el pelo bien tirante, hizo una mueca traviesa, guiñó el ojo izquierdo. Era su perfil favorito.

Estaba espolvoreando las sales en el agua humeante cuando se le prendió la lamparita.

—¡La vieja matapalomas!

9

Carrucci estaba volviendo a su casa cuando recibió la llamada. La voz de la secretaria de la Fiscalía lo sorprendió. La pregunta lo descolocó.

—Vive justo enfrente, sí, segundo piso a la calle.

—Bueno. No tendremos cámaras, pero sí a una señora que se pasa el día en la ventana mirando la entrada a la escena del crimen —dijo Silvia Rey.

A Carrucci la idea le pareció estrambótica pero interesante. Se ofreció a tocarle el timbre a la vieja matapalomas. Silvia Rey quiso acompañarlo.

—Te paso a buscar a las ocho y vamos —propuso Carrucci.

Ella repuso que iría por su cuenta y que llegaría a las nueve.

Silvia Rey, entonces, se dio un baño largo, candente y salino que le ablandó los músculos y la adormeció. Al salir, se secó, se lavó los dientes, se puso el pantalón de pijama y se metió en la cama con el pecho desnudo y el pelo húmedo. Prendió la tele y, pasa que te pasa de canal, cayó en una película empezada, un policial con Kevin Spacey y Kim Basinger. Los Ángeles, años cincuenta, policías corruptos, prostitutas y una trama de chantaje. No había visto siquiera quince minutos cuando le sobrevino un sopor aplastante y se la llevó de un manotazo al mundo de los sueños.

El subinspector, por su parte, abrió la puerta de su casa y encontró a su mujer dormida en el sofá con la televisión a todo volumen. Calentó un plato de fideos con tuco en el microondas y se apoltronó en un rincón del sofá a ver el noticiero mientras comía intensa y mecánicamente, como un perro.

A las nueve y diez de la mañana del día siguiente, Silvia Rey y Carrucci, acompañados por un cabo de la Policía Federal, le tocaron el timbre a la vieja matapalomas. Martina Escuderi, setenta y siete años, jubilada y viuda, los atendió con aprensión.

—Oficial, le prometo que no lo voy a hacer más —dijo convencida de que el llamado estaba relacionado con su hobby.

—Es por otro tema, señora Escuderi. Mate todas las palomas que quiera, si es por mí —aclaró Silvia Rey tras haberse identificado como funcionaria del poder judicial.

Se abrió la puerta y subieron al segundo piso.

El departamento de Escuderi era amplio y luminoso, decorado con gusto y elegantemente amueblado. De las paredes colgaba una serie de aguafuertes estilo Quinquela Martín (más tarde se enterarían de que eran, en efecto, originales). Sobre una mesa ratona que dominaba el salón llamaba la atención la estatuilla de un elefante negro con un billete de un dólar enrollado entre los colmillos y la trompa.

—Es de ébano. Los colmillos son de marfil —explicó la señora al percibir el interés que había despertado el objeto en Silvia Rey–. Lo trajo mi marido de Camerún –añadió, e invitando a sus visitas a tomar asiento, ofreció té o café.

Carrucci, que inspeccionaba una colección de cuatro rifles de aire comprimido estacionados en un rack de madera junto a la ventana, prefirió café, al igual que el cabo Martínez. La secretaria pidió una taza de té.

–¿Cuándo murió su marido, señora Escuderi? –preguntó Silvia Rey para romper el hielo una vez que se hubieron acomodado en el salón.

–En abril del 89. Se perdió el Menemato, por suerte; lo habría mortificado tanto ver semejante guarangada –respondió Escuderi.

–Lo vamos a extrañar al turco –dijo Carrucci.

–Va a volver –aseguró Martínez.

–¡Cruz diablo! –exclamó Escuderi.

–Y dígame, ¿usted cuándo empezó a cazar palomas? –preguntó Silvia Rey.

–No le sabría decir con exactitud. Hará unos diez años, más o menos.

–¿Para distraerse después de la muerte de su marido, tal vez?

–No, no. Más debe ser, entonces. Doce años será. ¿Quince? Qué sé yo. El tiempo a mi edad... Él me regaló mi primer rifle, ese de ahí, el negro –dijo señalado el pequeño arsenal–. Ese otro, el de mango camuflado, era de él. Fue el primero que usé.

–¿Él tenía el mismo hobby? –preguntó Carrucci.

–No, él lo tenía desde joven el rifle, pero no lo usaba. Cuando a mí se me dio por tirar, él al principio se asustó. Pero se dio cuenta rápido de que era inofensivo. Vio que me hacía feliz, ¿sabe?

–¿Cuán a menudo practica su... afición? –preguntó Silvia Rey.

—¡De lunes a domingo! —exclamó la señora Escuderi—. Lo hago por el bien de todos, que se entienda. Alguien tiene que ocuparse. La municipalidad no hace nada. Las palomas son una plaga, como las ratas y los murciélagos. ¡Y son tantas! En esta ciudad, hay entre siete y ocho por cada habitante.

—Te regalo las mías, Martínez —dijo Carrucci.

El cabo soltó una risita.

—Transmiten todo tipo de pestes. Hay que exterminarlas. Yo aporto mi granito de arena —siguió Escuderi.

—¿En qué momento del día suele tirar? —preguntó Silvia Rey.

—A la mañana temprano. Y a la noche, después de las diez. Cuando no hay gente. Pero a veces también a media mañana; por ejemplo, ayer, que justo estaban ustedes, yo tirando con la policía ahí, qué papelón, no me di cuenta.

—¿Cuántas palomas calcula que matará por día? —Carrucci tenía curiosidad.

—¿Por día? ¡Ninguna! ¿Usted cree que es soplar y hacer botellas? Con suerte le doy a cuatro o cinco por semana. Y matar, si tengo suerte, una; dos como mucho. Por semana.

—¿Siempre desde esta ventana?

—Sí, siempre. Me siento en ese banquito, ¿ven?, con un té si es a la mañana o con una cervecita a la noche. Me siento y espero. Y cuando veo una que va ahí piqui piqui piqui..., BANG. Le tiro. En una época les dejaba miguitas de pan de carnada. Vino varias veces la policía. El portero, ese indio asqueroso de enfrente, de vez en cuando me denuncia porque tiene que levantar los bichos muertos. Pero ese es su trabajo, limpiar la vereda, recoger la basura, ¿de qué se queja? Aparte, son balines de plástico. Jamás lastimé a nadie. Nunca.

—Señora Escuderi, usted que pasa tanto tiempo ahí en la ventana, ¿alguna vez vio a este hombre? ¿Lo reconoce? —inquirió Carrucci acercándole una foto de Doliner.

—Es el que mataron, ¿no? —preguntó la señora mirando la imagen, una foto carnet ampliada.

—Sí, Aníbal Doliner. ¿Lo reconoce? —insistió Silvia Rey.

—Claro que lo conozco. Lo conozco bien. Fuimos *partners in crime* —dijo, y lanzó una risotada corta, estridente.

Silvia Rey y el subinspector se miraron.

—Es un chiste. Es que, durante un tiempo, bastante tiempo, no sé cuánto, pero más de un año, el tipo levantaba las palomas muertas, las metía en una bolsa de plástico y se las llevaba. Salía temprano a la mañana, todos los días, antes de que el portero manguerease la vereda, y si había una se la llevaba. Yo las mataba y él se deshacía de los cuerpos. —Escuderi volvió a soltar una carcajada seca y ronca, casi como un carraspeo.

—¿Cuánto hace de esto, más o menos? —preguntó la secretaria.

—Fue hace mucho. Años le estoy hablando. ¿Cinco o siete?

—Y, en su opinión, ¿a qué se debía este comportamiento? ¿Elaboró en su momento alguna hipótesis? —intervino Carrucci.

—No sé si porque le daba pena el portero. Nunca supe. Nunca quise saber, tampoco. Era una inmundicia. El tipo claramente era un loco. Era —diagnosticó Escuderi.

—Señora Escuderi, ¿y más recientemente? ¿Lo vio al señor Doliner en los últimos meses? ¿Recuerda algo que le haya llamado la atención? Lo que sea —preguntó Silvia Rey.

—Sí, alguna que otra vez lo vi. Ahora que lo pienso, un par de veces lo vi salir de noche y después de un rato lo vi volver acompañado de un muchachito joven. Un putito.

—¿Un taxi boy?

—Supongo que sí. ¿Quién iba a ser, si no, a esa hora? ¿El sobrino? Le estoy hablando de la una de la mañana, eh.

—¿Y cuánto tiempo se quedaba esta persona? ¿Lo veía irse también?

—No. Pero yo no estoy ahí sentada toda la noche, che.

—Antes de eso, ¿recuerda haber visto a Doliner acompañado de muchachos jóvenes? —intervino Carrucci.

—No. Que yo recuerde, no.

—¿Y esto que menciona sucedió cuándo?

—Hará unos meses. Este año, seguro.

—O sea que, en un par de ocasiones, vio a Doliner salir del edificio y luego volver acompañado por una persona joven de sexo masculino —repasó Carrucci.

—¿Nos sabría decir cuánto tiempo pasaba entre que se iba y volvía? —preguntó Silvia Rey.

—¿Cuarenta y cinco minutos? ¿Una hora? ¡No sé! Eso fue un par de veces igual; las otras veces lo vi directamente entrar con el muchachito nomás.

—¿De cuántas veces estamos hablando?

—Cuatro, supóngase. Puede que hayan sido cinco.

—¿Se acuerda del aspecto de este individuo? —preguntó el subinspector.

—Sí. Más o menos de la altura de él, de Doliner. Flaco. Ropa deportiva. Era albino.

—¿Albino? —preguntó Silvia Rey.

—Sí, albino —confirmó la señora Escuderi.

Cuando salieron, Silvia Rey le pidió a Carrucci que encargase a la División Búsqueda de Personas la identificación y detención de un adolescente, posiblemente un trabajador sexual, de alrededor de un metro setenta, de contextura delgada, cabello corto y con las características fisonómicas típicas del albinismo.

—Debería ser una pavada —supuso Silvia Rey.

—Si no lo encontramos hoy mismo, me busco otro laburo —dijo Carrucci.

10

«El libro en la mesa de luz, el documental de la BBC y el personaje avistado por la vieja matapalomas: tricota de albinos», pensó Silvia Rey mientras caminaba hacia el auto. Era un juego que jugaba con su padre desde que era chica. Consistía en acumular referencias inconexas al mismo objeto. Si las referencias eran dos, se llamaba «duquesa». «Sincronicidad» le decían algunos. Las duquesas eran bastante comunes. Si el referente se manifestaba tres veces, ya fuese como palabra, como imagen o en carne y hueso, entonces se trataba de una tricota. Y ahí estaba el gran premio. Hay dos reglas fundamentales para que una tricota sea válida. La primera, el referente debe ser genuinamente excepcional. Cosas como «perro», «bife con ensalada», «Jesús crucificado», «Maradona», etcétera, no valen. La segunda, el referente se debe manifestar de manera total y absolutamente espontánea. Si uno lo busca, no cuenta. La tricota es un juego de azar que depende de nuestro poder de atención.

Cuando su padre le enseñó a jugar, la pequeña Silvia Rey acababa de aprender la palabra «lapislázuli» en una versión para niños de *La epopeya de Gilgamesh*. Esa misma tarde, acompañó a su madre a la feria de artesanías de la plaza Francia y vio un anillo que la deslumbró, una gema azul cósmico engarzada en plata. Preguntó de qué piedra se trataba y la vendedora dijo la palabra mágica. La coincidencia la maravilló y el anillo era un sueño, pero por más que insistió su madre se negó a comprarlo. Al volver a su casa, furiosa y descorazonada, le contó a su padre lo que había pasado y Francisco Rey le dijo: «Si te volvés a topar con el lapislázuli entre hoy y pasado mañana, habrás completado una tricota. Es un prodigio rarísimo. Pero tiene que ser de casualidad. Se te tiene que *manifestar*. Los próximos dos días tenés que prestarle mucha atención a todo; ir con los ojos y los oídos bien abiertos».

Desde entonces, Silvia Rey y su padre compartían todas sus duquesas y las ocasionales, aunque muy esporádicas, tricotas legítimas (hay mucha falsa tricota), que se festejaban a lo grande. El afortunado era agasajado por el otro con una salida a un buen restaurante.

Cuando llegó a la fiscalía ya era casi mediodía y, antes de que Klibansky se lo dijese, recordó que esa tarde era el funeral de Doliner. Habría un responso exprés en la capilla del cementerio, luego de lo cual el cuerpo iría directo al crematorio. La cita era en la Chacarita a las cinco de la tarde. La secretaria fue a ver a Ana María y la puso al día.

—¿Viste? Te dije que era un taxi boy. Albino, encima. Un perversito el profe. Mejor para nosotros, ¿cuán difícil puede ser encontrar un albino? —dijo la fiscal.

Pidieron ensaladas y comieron en el despacho de Silvia Rey. Ana María le contó que últimamente la visión del cuerpo desnudo de su marido le repugnaba y no entendía por qué. Había sucedido de un día para el otro, sin causa aparente. El hombre no había engordado, no estaba perdiendo pelo, no había empezado a descuidar su higiene personal. La secretaria opinó que era un buen tema para tratar en terapia. La fiscal estuvo de acuerdo. Silvia Rey confesó que, durante los últimos años de matrimonio, la intimidad con su marido le resultaba un suplicio precisamente por esa misma razón. Curiosamente, no bien se hubieron separado, el tipo no solo le dejó de repugnar, sino que volvió a resultarle atractivo, por momentos incluso irresistible.

–Por ahí es el fin del amor –especuló Ana María con aire contemplativo.

–Puede ser. Se va el amor y solo queda la carne. Lo que te da rechazo no es el cuerpo en sí, sino la ausencia de lo otro, de lo espiritual, de lo que se fue. Tal vez sea hora de que te separes –dijo Silvia Rey.

La fiscal la miraba con recelo. «Es típico de separado hacer proselitismo para que los demás se separen», pensó. «Mal de muchos...»

–Hoy es el entierro de Doliner, voy a pasar un rato –anunció la secretaria antes de volver a su despacho.

–Ya está esto, Silvia, ¿para qué vas a ir?

–Qué sé yo. Vivo enfrente, no me cuesta nada. Yo paso y chau. Le pedí a Carrucci que me acompañe.

–Sos morbosa, ¿eh? –dijo la fiscal.

Esa tarde, Silvia Rey llegó a la capilla de la Chacarita y encontró a Carrucci apoyado contra una columna rumiando un caramelo. Vestía su traje color mostaza, un impermeable negro y los zapatos de siempre. «¿Tendrá solo *dos* trajes?», pensó Silvia Rey.

Mientras esperaban que empezase el responso compartieron impresiones sobre la señora Escuderi. Carrucci dijo que tenía gente buscando al albino. También se entretuvieron mirando a la variopinta concurrencia. Entre los deudos estaba la rectora, la profesora de matemática y un par de docentes más que arriaban a un grupo de alumnos. Era evidente que la presencia de los adolescentes era producto de la coacción. «Para hacer un poco de bulto», les explicó después la rectora.

Un sacerdote despeinado leyó de los Evangelios parado junto al ataúd, que hizo las veces de altar. El texto era de la epístola de Pablo a los romanos.

–Un solo hombre hizo entrar el pecado en el mundo y con el pecado entró la muerte. Después la muerte se propagó a todos los hombres, pues todos eran pecadores. No había ley todavía, pero el pecado ya estaba en el mundo. Y desde Adán hasta Moisés la muerte dominó el mundo. Después vendría otro Adán, superior al primero. Y así como reinó la muerte por culpa de uno, la vida reinará gracias al otro, Jesucristo, en todos aquellos que aprovechan el derroche de la gracia y el don de la verdadera rectitud. La memoria del justo no perecerá jamás, vivirá entre tus afectos, Aníbal Doliner, y luego resucitará con tus huesos cuando el Señor nos convoque en la hora postrera. Hasta entonces, descansa en la paz del Señor. Amén.

Silvia Rey notó que Carrucci se persignaba. Ella había ido a un colegio católico. Primaria y secundaria. Había tomado la comunión y se había confirmado. Una vez, cuando tenía doce años, durante la confesión el cura le preguntó si ya usaba corpiño. A los quince, empezó a decir que era atea. En la facultad leyó a Bertrand Russell, eso de que el ateo simplemente cree en un dios menos que el cristiano. La diferencia entre ambos es cuantitativa, no cualitativa. Desde entonces se consideró agnóstica. Quizás hubiese un dios. O dos. O ninguno. Imposible saber. Lo cierto es que la idea de un ser todopoderoso, intervencionista, bondadoso y antropomórfico le parecía ridícula. Creía que en el mundo había existido siempre, y existiría siempre, una batalla eterna entre fuerzas antagónicas, el bien y el mal. No aceptaba que Jesús fuese Dios hecho carne; lo consideraba un profeta más, como Buda, como Mahoma. La inmaculada concepción de María le resultaba un absurdo. La resurrección de los muertos, ni hablar. Y la Iglesia como institución le parecía una cueva de ladrones y un nido de pederastas.

—¿Usted es la doctora Rovigo?

Quien le hablaba era un hombre de unos cincuenta años vestido de luto. Lo acompañaba una mujer, también de negro. Se presentó. Era Sebastián Paniagua, primo hermano y único heredero del difunto.

—Silvia Rey, secretaria de la Fiscalía. ¿Tenemos cita el lunes, no es cierto?

Paniagua confirmó el horario y se despachó con una cantinela.

—Esto no puede quedar impune, como queda impune todo en este país —dijo.

Su mujer lo miraba con el ceño fruncido y asentía. Silvia Rey le aseguró que el barco de la justicia ya había zarpado y navegaba a todo vapor. Paniagua respondió con una expresión de escepticismo y se despidieron.

Dos empleados del cementerio cargaron el cajón sobre una plataforma rodante y lo condujeron al crematorio, donde le esperaba una larga fila antes de entrar a los hornos. Mientras la secretaria charlaba con la rectora, Carrucci abrió otro caramelo y fue entonces cuando entró en su campo visual la mujer con acondroplasia. Lo sorprendió no haberla visto hasta ese momento, pero comprendió que esto se debía a que, durante la ceremonia, había estado sentada en la primera fila. Su persona llamaba poderosamente la atención, no solo por razones obvias de estatura, sino por su aspecto general. Una melena larga negro azabache le cubría las nalgas. Vestía pantalones de cuero y una campera de jean nevado abotonada hasta el cuello. Tenía los labios pintados de violeta y pestañas postizas que aleteaban sobre sus ojos enérgicamente delineados, que parecían dos fosas de alquitrán. Había apoyado la cartera sobre uno de los bancos de la capilla y buscaba algo. Carrucci la miraba embelesado.

—¿Y esa? –preguntó Silvia Rey.

—Otro integrante del circo de Doliner. Falta la mujer barbuda y cartón lleno –dijo el subinspector.

La vieron hurgar en su carterita con furia y finalmente, no habiendo encontrado lo que buscaba, la vieron irse con un rictus de bronca.

—Me gustaría saber quién es –dijo Silvia Rey.

—Sus deseos son órdenes, doctora –acató Carrucci, y partió en busca de la pequeña mujer misteriosa.

Todavía no eran las seis, pero ya estaba oscureciendo y un cortejo de nubarrones negros atravesaba el cielo presagiando un temporal. En el noticiero habían hablado de alerta meteorológica, un giro amarillista cada vez más común en los pronósticos del tiempo. «Ahora cualquier tormenta de morondanga es la antesala del Juicio Final», pensó Silvia Rey cuando volvía a su casa.

Esa noche, después de comer, de pie junto a la ventana mirando la negrura del cementerio, imaginó que un puñado de partículas del cuerpo de Doliner se había escapado por la chimenea del crematorio. Se figuró que las acompañaba en su tránsito ligero sobre la necrópolis y que las veía surcar el cielo tormentoso. Pasaban por su ventana y volaban en dirección este, hacia la plaza Armenia. Cuando llegaban al edificio de la calle Juncal donde el hombre vivió y murió se detenían un instante, como haciendo una pausa ceremonial, y luego seguían su rumbo hacia oriente, y quién sabe si no pasarían en vuelo rasante por sobre la cabeza del asesino antes de perderse para siempre en la inmensidad marrón del río.

11

—No es tricota —sentenció Francisco Rey cuando se encontraron a desayunar el lunes.

Las tres referencias al albinismo estaban conectadas entre sí, convergían en la figura de Doliner. Su hija lo sabía, desde luego. Pensó que a su padre le divertiría el asunto del albino, pero no fue así. La crónica del encuentro con la vieja matapalomas, en cambio, sí que le interesó. Quiso saber todo sobre ella. ¿Era gorda o flaca? ¿Edad aproximada? ¿Viuda de cuántos años? ¿Tenía buen pasar? ¿Se vestía bien? ¿Su marido a qué se había dedicado? ¿Y ella cultivaba otros intereses más allá del exterminio de una especie aviar? Sin dar nombres, Silvia Rey satisfizo como pudo la curiosidad de su padre.

—Me encantaría conocerla. Podríamos hacernos amigos —dijo Francisco Rey, e inmediatamente agregó—: Estás pálida. Tenés que comer carne, mirá que te va a dar anemia perniciosa.

Silvia Rey comía carne al menos una vez por semana. Pero era cierto que había perdido un poco el apetito. Esa mañana estaba cansada, había dormido en mala posición, le dolía el cuello. Como de costumbre, el diagnóstico catastrofista de su padre la afligió. Terminó el café y anunció que era hora de partir.

En el auto rumbo a la fiscalía puso «Paloma» y canturreó alzando la voz en la última estrofa antes del solo de armónica: «La vieja matapalomas, no hay pájaros en el nido, dos ilusiones se irán a volar, pero otras dos han venido».

Unas cuadras antes de llegar a Austria, recordó a los malabaristas y anticipó el espectáculo con cierto entusiasmo, pero ese día los chicos no estaban. Por supuesto que no estaban. Llovía. La alarmó su dispersión. «Debe ser la anemia», se dijo.

«Paloma» sonó en *loop* durante todo el camino.

Tenían cita con Sebastián Paniagua a las nueve y media. Llegó con tiempo. Ana María no estaba. Le pidió a Martín que tomase notas. Luego le recordó a Klibansky que llamase nuevamente al banco; que insistiese, que los amenazase si era necesario. «El gerente recibirá una citación», por ejemplo. Con suerte, el primo arrojaría algo de luz sobre la situación financiera de Doliner, pensó Silvia Rey. En el cementerio le había dado la impresión de que era un hombre propenso al lamento. Acaso un exponente clásico del indignado, ese animal autóctono de las pampas que se rasga las vestiduras ante la corrupción sistémica y disfruta perorando contra la amoralidad, pero después le paga en negro a la empleada doméstica o llega tarde al cine y le desliza un billete al de la boletería para asegurarse la mejor ubicación.

Sebastián Paniagua llegó puntual y de luto. Traía un extraño paraguas marrón claro hecho de un material que a la vista hacía pensar en un papel madera casi traslúcido. Silvia Rey no se pudo contener.

—¡Qué paraguas más raro!

—Es de cuero de corcho —explicó Paniagua alcanzándoselo—. Mire, toque. —La textura era fina y suave, epidérmica casi—. Me lo trajeron de Portugal —informó el hombre.

«Lo quiero», pensó Silvia Rey.

Martín pidió tocarlo.

—Parece hecho de alas de murciélago —dijo el auxiliar escribiente.

El testimonio de Sebastián Paniagua se extendió casi dos horas. Si bien había visto muy poco a su primo en los años de la adultez, tenían la misma edad y habían cultivado una estrecha amistad durante la infancia. La madre de Sebastián, Estela Doliner, y su hermano, Alberto, el padre de la víctima, eran muy compinches. Las dos familias solían veranear juntas en Monte Hermoso, donde también pasaban las Navidades y la Semana Santa.

Su primo siempre había sido tímido y retraído, declaró Paniagua. Jamás se le conoció una novia, nunca se supo que tuviese amistades.

—¿Sabe si era gay? —interrumpió Silvia Rey.

—En absoluto, para nada —saltó Paniagua.

—Si nunca le conoció una pareja, ¿cómo está tan seguro?

—Mi primo era asexuado, doctora —replicó Paniagua. Y retomó su descripción.

A Aníbal Doliner no le interesaba más que la observación de la naturaleza. Era creativo e ingenioso. De niño criaba colonias de caracoles en macetas que cubría con secciones de malla mosquitera de aluminio montadas tipo carpa sobre una estructura de varas de hierro. Una vez, ya siendo adolescente, consiguió semillas de una planta carnívora, el lirio de la cobra, y logró hacerlas germinar.

74

Cuando ambos empezaron la facultad (Sebastián era ingeniero agrónomo), dejaron de frecuentarse casi por completo, salvo encuentros ocasionales en algún cumpleaños o para Navidad. Al momento de su muerte, Sebastián Paniagua no veía a su primo desde hacía al menos ocho años, fecha de la muerte de su madre. Los padres de Aníbal ya habían muerto para entonces.

Como era de prever, Paniagua no tuvo respuesta para la pregunta de rigor acerca de posibles enemigos de su primo. El crimen lo había sumido en la estupefacción y solo deseaba que se resolviese y que cayese todo el peso de la ley sobre el o los responsables, aseguró en tono solemne. Cuando Silvia Rey llegó al tema que realmente le interesaba, la situación económica de la víctima, la entrevista empezó a dar frutos. Paniagua era el único heredero de Doliner. Si bien no había razón para sospechar del primo, su calidad de heredero único hacía de él una persona de interés. Así que primero lo primero:

–¿Recuerda dónde estaba y qué estaba haciendo entre el 16 y el 17 de julio? –disparó Silvia Rey.

–¿Está sugiriendo que yo...? –saltó Paniagua.

–No se crispe, Paniagua, es protocolar la pregunta, se la tengo que hacer a todos los testigos –mintió la secretaria.

–Estaba en Monte Hermoso. Viajamos el jueves 15 con mi esposa y mis hijos.

Tenían una casa donde pasaban las vacaciones de invierno y de verano, y ocasionalmente algún fin de semana largo. Paniagua, su mujer, Esther, y sus dos hijos, Juan Pablo y Santiago, de diez y trece años, habían regresado a Buenos Aires el sábado 31.

«Monte Hermoso..., me corto las venas», pensó Silvia Rey, que nunca había ido pero sospechaba lo peor. La casa de Monte Hermoso había sido de los padres de Paniagua.

Los padres de su primo, en cambio, eran dueños de una chacra en Coronel Dorrego sobre la Ruta 3, a unos cuarenta kilómetros de ahí. Después de la sucesión de su madre, muerta en 1985, la chacra le había quedado a Aníbal Doliner.

—La usó unos años y la vendió —dijo Paniagua—. De hecho, la última vez que nos vimos, sin contar el velorio de mi madre, fue en la chacra. Una Navidad. Habrá sido en el 87. La tenía muy descuidada. Al poco tiempo la vendió.

—Llama la atención la venta, ¿no? Imagino que habría sido un lugar propicio para desarrollar sus proyectos, para experimentar con plantas, para criar animales... —especuló Silvia Rey.

—Sí, tiene razón. No lo había pensado así. Él no manejaba, eso le complicaba las cosas. Y la casa estaba realmente muy venida a menos. Tendría que haber invertido mucha plata para volverla habitable.

—¿Tiene idea de qué hizo con el dinero de la venta?

—No. Como le digo, lo vi una sola vez después de la venta de la chacra, en el velatorio de mi madre.

Sebastián Paniagua se despidió no sin antes reiterar con pompa y circunstancia cuánto le urgía que se hiciese justicia. El reclamo era legítimo, pero en este caso la afectación en el tono quedó clara. Silvia Rey confirmó sus sospechas. Había en Paniagua una predisposición natural a la exaltación y un cierto gusto por la moralina que opacaba la tristeza y el horror de los que sin duda lo había colmado el homicidio de su primo.

Cuando habló con Carrucci al final del día, le transmitió la novedad. Unos diez años atrás, la víctima había vendido un inmueble. Era posible que hubiese usado ese dinero para costear sus proyectos clandestinos. Carrucci, que había propuesto una reunión en La Niña de Oro o en cualquier otro local de preferencia de la doctora, y había una vez más sido rechazado, anunció en vez que dos jóvenes trabajadores sexuales que paraban cerca de la plaza Constitución le habían confirmado por separado a un informante la existencia de un taxi boy albino que operaba en esa zona. Silvia Rey dio un gritito de emoción.

—Paradero desconocido, por ahora, pero lo vamos a encontrar —dijo como quien repite una fórmula.

—¿Y nuestra *femme* fetal? —preguntó la secretaria.

Carrucci no respondió. La humorada había caído en saco roto.

—¿Vio que en los policiales siempre hay una mujer fatal? Bueno, como la nuestra es mini...

La explicación no ayudó a destacar la gracia del epíteto, aunque sí logró aclararle a Carrucci a qué se refería Silvia Rey.

—Ah, la enana del cementerio decís. Sí, la identifiqué. Se llama Alcira Gachalá, alias Esmeralda. Riojana, veinticinco años y con un breve (je, je) prontuario que incluye tres arrestos por prostitución.

—Mire usted. Mañana mismo le mandamos una cédula. Creo que ya estamos cerca, Carrucci.

Carrucci le dio la razón, aunque no era tan optimista como ella. El albino aún no aparecía. Y la entrada en escena del mundillo de la prostitución era mala señal. El subinspector sabía que cuando uno baja a esas regiones de la experiencia humana, las cosas más que aclararse suelen oscurecerse. Tenía un pálpito inquietante, pero prefirió no compartirlo con Silvia Rey.

Aquella noche, con su mujer en el quinto sueño y un vaso de vino en la mano, Carrucci buscó un policial en la tele, pero no encontró nada y se quedó viendo Crónica TV. En Coronel Pringles, un hombre bajo el efecto de hongos alucinógenos había secuestrado a un enano creyendo que era un duende. «Me pegaba piñas en la cabeza y me decía que lo llevara a donde había enterrado la olla con monedas de oro», contaba la víctima, un hombre de unos cuarenta años, calvo y obeso. «Jodete por enano», dijo Carrucci.

12

Pasaron los días. El albino no aparecía y su figura ya empezaba a cobrar una dimensión mítica en el imaginario del subinspector. Los dos taxi boys de Constitución que habían hablado de un adolescente de tonalidad perfectamente blanca y pelo dorado que frecuentaba la plaza Garay no habían aportado más que un apodo, Copito. Carrucci y sus hombres fatigaron los archivos de la Policía Federal a la pesca de este sujeto. Pidieron asistencia a las policías de las provincias de Buenos Aires, Santa Fe y Córdoba, pero no dieron con ningún joven albino que tuviese antecedentes por prostitución o que hubiese sido detenido por hurto, por exhibición obscena o por lo que fuere.

El subinspector comprobó que los albinos eran una subespecie rarísima en la fauna criminal. Dio con un tal Lucas Rosales, un changarín condenado por abuso sexual de menores en la zona de Pablo Nogués que estaba preso en el penal de Olmos. Y la policía bonaerense le pasó el dato de otro albino, el dueño de una ferretería en Bella Vista, que tenía denuncias por violencia doméstica.

Por su parte, Alcira Gachalá, alias Esmeralda, no se había presentado a la cita en la fiscalía y había procedido a desaparecer de la faz de la tierra. Los hombres de Carrucci la buscaron en tres inquilinatos de los barrios de Balvanera y Constitución, donde sabían que tenía la costumbre de pernoctar, pero nadie la había visto desde hacía tiempo. Tampoco se sabía nada de ella en Barracas, donde ejercía su oficio. Por el momento, Gachalá y el albino eran las únicas dos personas de interés en la causa, de modo que Carrucci no tuvo otra alternativa que persistir en la búsqueda.

El tiempo que el subinspector Carrucci pasó a la caza de estos dos personajes, Silvia Rey lo dedicó a una pericia minuciosa de los bienes de Aníbal Doliner y de su situación financiera en general. Según el informe del banco, la víctima tenía una cuenta corriente en la que se le depositaba el sueldo y que utilizaba para sus gastos personales. Junto con ella, había abierto una caja de ahorro con una suma de dinero modesta, que el profesor casi no había tocado en años. El informe revelaba también la existencia de una caja de seguridad que fue debidamente abierta e inventariada por la Fiscalía. En ella, Doliner guardaba la escritura del departamento de la calle Juncal, su partida de nacimiento y las de sus padres, así como sus certificados de defunción, de matrimonio, de vacunaciones y documentos de identidad de sus padres y abuelos, capas geológicas que preservaban la historia de tres generaciones. La caja también contenía una bolsita de terciopelo con cuatro mexicanos de oro, un escapulario de san Cristóbal con cabeza de perro, las alianzas de sus padres y un anillo de platino con un brillante que sin duda había pertenecido a su madre. Eso era todo. Del dinero de la venta de la chacra en Coronel Dorrego no había rastro. Para Silvia Rey no había duda de que Doliner financiaba sus investigaciones clandestinas con esos fondos. Sospechaba, también, que el asesino sabía de la existencia de este dinero y que eso explicaba la golpiza feroz antes de la ejecución. La secretaria habló con la fiscal y le sugirió una nueva pesquisa del departamento. Ana María accedió.

En el transcurso de esos días, la Fiscalía había recibido los informes de Rastros y de Patología Forense sobre las muestras tomadas en la escena del crimen. Había dos tipos de huellas dactilares, las de Doliner y otras que ni se correspondían con ninguna de las muestras tomadas para descarte (el portero, el preceptor y los alumnos particulares), ni habían saltado durante la búsqueda en la base de datos de la policía. En la alfombra mancillada de sangre y desechos físicos se había encontrado material genético de dos individuos cuya identidad era desconocida. La teoría de los dos asesinos tomó la delantera. Carrucci propuso que se había tratado del albino en colaboración con otra persona. El albino, a quien el profesor conocía, fue el señuelo y el sicario fue la sorpresa que salió de la torta, conjeturó el subinspector. A Silvia Rey no le pareció del todo improbable.

Respecto de los seis tubos de ensayo encontrados en la heladera, los peritos determinaron que cuatro de ellos contenían sangre humana y los dos restantes, sangre de otro animal, posiblemente alguna especie de primate pequeño (mono tití o mono araña, proponía el informe). Doliner había fijado la temperatura de la heladera en cuatro grados Celsius, uno más que el estándar recomendado. Teniendo en cuenta que es posible conservar sangre en estado líquido a cuatro grados durante varias semanas, el estado semisólido en que se había encontrado el material daba cuenta de un posible apagón en el edificio durante el cual la heladera se había recalentado. La conclusión de los peritos era que, debido al cambio de estado y al tiempo transcurrido, era prácticamente imposible recuperar de las muestras ADN de buena calidad. Para Silvia Rey era indudable que la sangre estaba relacionada con el proyecto que llevaba adelante Doliner cuando lo encontró la muerte.

En la víspera del nuevo allanamiento, Silvia Rey y Carrucci se encontraron en La Niña de Oro. La secretaria anunció que tomaría una cerveza y se vio en la obligación de justificar su preferencia aduciendo cansancio mental y enfatizando la necesidad que tenía de relajarse. Llamó al mozo y, al hacerlo, se percató de que era nuevo. Si bien solía ir de mañana, conocía de vista al personal del turno vespertino. Se dio vuelta y dirigió la mirada hacia la barra, en donde vio a un encargado nuevo charlando con otro mozo a quien tampoco había visto antes. «Rodaron cabezas, ¿qué habrá pasado?», pensó, «todas caras nuevas en un espacio tan familiar». Esta epifanía tan baladí le produjo un efecto de extrañamiento poderoso. Silvia Rey sintió que estaba en una dimensión paralela, un mundo crepuscular con una Niña de Oro alternativa en la que la luz era blanca y donde reinaba un clima sereno e inquietante. Carrucci anunció que la acompañaría en la elección y pidieron una botella de tres cuartos.

—¿Cansada, doctora? —se compadeció el subinspector.

Silvia Rey admitió que sí. Estaba terminando un turno particularmente desagradable cuando le cayó el homicidio de Doliner. Carrucci quiso saber más y ella le habló del caso Villegas. El caso de la mujer «suicidada».

—¿Cómo estás tan segura de que no fue suicidio? Perdón, no te molesta que te tutee, ¿no? —preguntó Carrucci con una sonrisa donjuanesca.

Silvia Rey levantó una ceja.

—Me tutea desde el primer día, Carrucci, no se haga.

Carrucci rio y sirvió la cerveza. La secretaria dio un sorbo discreto y explicó que, si bien no había evidencia alguna, algo en la actitud de Villegas revelaba que el tipo había matado a la mujer. Tan intensa era su convicción de que el hombre mentía que la secretaria le insistió a la fiscal para que le pidiese al juez que autorizase un seguimiento a Villegas con escuchas telefónicas incluidas. El juez se negó rotundamente y concluyó que se había tratado de un suicidio. Ana María estuvo de acuerdo con el juez. Y colorín colorado.

—¿Era intuición femenina?

—Intuición profesional, Carrucci.

El subinspector se disculpó con un gesto extravagante que desagradó a la secretaria.

Esa noche, en la cama, Silvia Rey retomó la novela de P. D. James que estaba leyendo. La protagonista había descubierto no solo que era adoptada, sino que sus padres biológicos eran dos monstruos. Años atrás, habían abusado de una joven y la habían asesinado. En un momento, uno de los personajes decía: «Podemos perdonar cualquier cosa siempre y cuando no nos la hayan hecho a nosotros». Silvia Rey creyó estar de acuerdo. Solo lo que sufrimos en carne propia puede alcanzar la categoría de imperdonable. Aunque conjeturó que seguramente fuese imposible perdonar algo que le hayan hecho a un hijo. Ella no tenía hijos. Pensó en el martirio de Doliner, sus últimos minutos de vida. Trató de imaginar el terror, la adrenalina, la percepción del tiempo cuando a uno le está pasando algo así —¿será en cámara rápida o en cámara lenta, un tiempo espeso como el de los sueños?—. Conjuró sin quererlo una

imagen atroz, el cuerpo podrido y roto sentado en el sillón. ¡Ese cuerpo insepulto! Recordó algo que le había
contado un patólogo forense. No es inusual que, unas horas después de muerto, el cuerpo evacúe la vejiga y los in-
testinos. Qué humillante puede ser la carne. Qué suave y
placentera, también. Y mientras retozaba en el prado de
estas y otras entelequias pasó Morfeo y se la llevó, como
Plutón cuando raptó a Proserpina, que recogía flores a orillas del lago Pergusa.

13

Unos días más tarde, Silvia Rey, el subinspector Carrucci y dos cabos de la Policía Federal allanaron por segunda vez el departamento de Doliner. Sobre el parqué, donde había estado la alfombra, encontraron una mancha enorme y oscura que parecía un melanoma. Reinaba en el ambiente un olor penetrante a encierro y a productos de limpieza que disimulaba un resabio de podredumbre, sutil pero inconfundible. Aunque afuera hiciese frío y soplase un viento de sudestada, Silvia Rey abrió las ventanas para ventilar. El plan era buscar compartimentos secretos en las paredes y los pisos, algún doble fondo en los placares y los cajones. Abrirían enchufes e interruptores de luz, vaciarían el cuarto de servicio y despanzurrarían almohadas, almohadones y colchones. No debía quedar resquicio sin revisar.

Empezaron por la habitación.

Los tres hombres se dieron a la tarea mientras la secretaria recorría puntillosamente la biblioteca sacando un libro detrás de otro y abanicando las páginas a la pesca de papeles sueltos. Entre señaladores, boletos de colectivo, postales, flores disecadas y demás papelerío misceláneo,

Silvia Rey dio con un par de recibos, uno de los cuales le llamó la atención por el monto de la transacción. La factura estaba perdida entre las páginas del primer volumen de una reliquia, el *Systema Naturæ* de Carl Linneo, publicado en Estocolmo en 1758. Doliner había comprado este y el segundo volumen en la librería El Grifo por siete mil cuatrocientos dólares. Silvia Rey conocía la librería, quedaba a dos cuadras de la fiscalía. La compra databa de abril de 1997. Este hallazgo era importante por dos razones. En primer lugar, confirmaba que Doliner tenía una reserva de dinero en efectivo que debía de estar escondida en algún lugar del departamento. En segundo lugar, un gasto semejante era una inversión. Acaso en las páginas de esos volúmenes se encontrase la clave para desvelar el último proyecto del profesor.

—Eureka, doctora —gritó Carrucci—, el canuto.

Detrás de la cama, uno de los cabos notó que en una sección del zócalo la madera tenía un tono de barniz apenas más oscuro. Munido de un martillo y un destornillador, el hombre procedió a aflojar la sección hasta removerla y dejar al descubierto una abertura de unos treinta centímetros de ancho y medio metro de profundidad que contenía una caja de lata rectangular repleta de billetes. Había pesos, dólares americanos y libras esterlinas. Una fortuna modesta, pero para nada desestimable. Sin duda, el remanente de la venta de la chacra.

—Por esto lo mataron —dijo Carrucci.

—Excelente, sigamos —ordenó la secretaria.

Y mientras los hombres proseguían con la inspección de la habitación ella, sentada en la cama, contó el dinero y lo dividió en tres bolsas tipo Ziploc, una para cada moneda, que procedió a guardar y sellar en un sobre, no fuese cosa que alguno de los agentes de la ley se tentase.

La habitación de Doliner no deparó más hallazgos y el equipo se trasladó al baño. Silvia Rey, por su parte, estaba de vuelta en el estudio y escrutaba otra sección de la biblioteca. Como era de esperar, predominaban las obras de biología, anatomía, medicina e historia natural. El profesor había amasado una nutrida colección que incluía no pocas antiguallas. Pero la secretaria encontró también una sección de libros de historia (en la que destacaba un ejemplar de *Mi lucha* traducido por Alberto Saldívar) e incluso un rincón dedicado a la literatura. Había unos treinta volúmenes de la editorial Tor y otro tanto de la colección Robin Hood. Entre las páginas de *Bomba y los caníbales* encontró una foto de cuatro niños vestidos de marineritos en la rambla de Necochea con la fecha en el dorso: febrero de 1921. Había también unos quince números de El Séptimo Círculo. Silvia Rey se detuvo en *La bestia debe morir*, de Nicholas Blake. El título le resultó irresistible y se guardó el libro en la cartera.

Arrodillada sobre su propia bufanda, recorrió el último estante, donde encontró tres libros sobre albinismo. Dos en inglés y uno en castellano. *A New Natural History of Albinos: From Mythology to Biology*, de Doug Pistoia, era un mamotreto de casi mil páginas. *Albino Animals and their Progeny* contenía las actas de una conferencia celebrada en la Universidad de Canberra en 1990. Y, por último, *En busca del último albino etíope*, de Zoltán Kamundi, entre cuyas páginas Silvia Rey dio con una tarjeta de embarque para un vuelo de Frankfurt a Budapest el 14 de agosto de 1996. «Hoy es 14 de agosto, esto fue hace exactamente tres años», pensó.

Entre los libros sobre albinismo encontró también una

gruesa carpeta de tapa dura que contenía artículos fotocopiados. Eran todos sobre el mismo tema y la mayoría estaba en lengua inglesa. Alguno que otro en francés y uno en alemán. Había estudios sobre el albinismo entre los cocodrilos, entre los gorilas, entre los murciélagos y entre otros animales, incluido el ser humano. «Fotofobia», «amelanosis», «síndrome de Chédiak-Higashi», «genes recesivos», «hipopigmentación» fueron algunas de las palabras que la secretaria retuvo de los títulos de los ensayos. Estaba convencida de que, cuando lo encontró la muerte, Doliner estaba involucrado en un proyecto que giraba en torno a este asunto. Necesitaría ayuda de un biólogo para desentrañar la cuestión.

A Silvia Rey le resultaban inquietantes los albinos. No hacía mucho tiempo había visto uno en el supermercado, un hombre más o menos de su edad, flaco y debilucho. Se había quedado observándolo y el hombre le había devuelto una mirada tristísima. «No parecen humanos», pensó la secretaria evocando esos ojos de ratón de laboratorio, esa textura de la piel, como cubierta de pelusa de algodón, esa cabellera frondosa y calcárea.

—Doctora, venga a ver esto.

La voz de Carrucci la sobresaltó. Venía desde el cuarto de servicio. Al mover el lavarropas, el subinspector y uno de los cabos habían encontrado un nicho en la pared. Estaba cubierto por una lámina de plástico blanco adherida a la pared, también blanca, con cinta de embalar transparente. El escondrijo estaba perfectamente camuflado, pero Carrucci, de rodillas, había recorrido el muro con las manos y había percibido el relieve del plástico y la diferencia de textura.

—¡Qué vista, Carrucci! —lo felicitó Silvia Rey.

—Qué tacto, más bien —repuso el subinspector exhibiendo una mano y devolviéndole una mirada sugerente. La secretaria reprimió una sonrisa.

Dentro del nicho encontraron un fichero azul. Silvia Rey lo abrió sobre la mesa del comedor. Contenía siete cuadernos Gloria completos con anotaciones, una carpeta repleta de cartas y otros documentos y el gran premio, un sobre de papel manila con fotos de un joven albino. Silvia Rey juntó todo el material y lo metió en la caja con los libros y las fotocopias.

—Yo me voy para la fiscalía con esto. Ustedes sigan y cualquier cosa me llaman —ordenó.

—Pajarito que comió, voló —dijo Carrucci.

—Muy bien, muchachos, los felicito —dijo Silvia Rey.

Los dos cabos sonrieron complacidos. Carrucci le pidió a uno de ellos, Bericua, que ayudase a la doctora con la caja y la acompañara a su auto.

—¿Cervecita en el bar de los faloperos para festejar? —propuso el subinspector *sotto voce* mientras Silvia Rey se ponía el tapado.

—Calma. Del plato a la boca se cae la sopa.

Cuando salían del edificio, Silvia Rey y Bericua se cruzaron con un joven que entraba y que al verlos se puso blanco como una hoja de papel. Era un muchacho alto, de pelo largo con un corte estilo He-Man. Tenía la cara hinchada y los ojos hundidos.

«Hipertiroidismo», pensó Silvia Rey. «¿O es *hipo*tiroidismo? ¿Cuál es el que te da ojos de sapo?»

Colón con corticoides apuró el paso, entró al ascensor y, sin medir sus fuerzas, cerró la puerta con tanta violencia que el ruido retumbó en todo el pasillo. Cuando llegó a su departamento estaba convencido de que la policía, alertada por su actitud sospechosa, iría a tocarle el timbre, pero ni Silvia Rey ni Bericua habían oído el portazo. El joven se encerró en su habitación, prendió el televisor, encendió la consola y retomó su aventura en el *Final Fantasy VII*.

14

Silvia Rey llegó a la fiscalía poco antes de las doce. Era sábado, el edificio estaba desierto. Una vez que se hubo quitado las varias capas de abrigo, se descalzó y se puso un par de pantuflas que guardaba en el último cajón del escritorio precisamente para días como estos: sábados, domingos o feriados cuando estaba sola en la oficina. Preparó café, conectó el discman a un pequeño parlante portátil en la biblioteca y puso «Paloma». Pero no había pasado siquiera un minuto cuando se hartó y cambió de pista. La canción había cumplido finalmente su ciclo; de la sorpresa, al amor y del amor a la obsesión que desemboca irremediablemente en el estuario arenoso del hastío. Nunca más la volvería a elegir.

A Ana María el testimonio de la señora Escuderi, sumado a la confirmación de la existencia de un taxi boy albino, le bastaban para corroborar que el crimen de Doliner había sido un típico affaire prostibulario. En términos generales, Carrucci estaba de acuerdo con la fiscal. O, al menos, eso decía. El supuesto interés científico de la víctima por su presunto asesino les parecía del todo irrelevante. Para Silvia Rey, en cambio, esta línea en la investigación era fundamental. Aun si se había tratado de un robo, la clave para dar con el asesino, según la secretaria, estaba en el proyecto de Doliner. Algo en ella, además, le decía que todavía quedaban muchas capas de cebolla por pelar.

Abrió la caja, ordenó los libros y las fotocopias que había sacado de la biblioteca del muerto y se concentró en el fichero hallado en el nicho detrás del lavarropas. Separó los siete cuadernos y empezó por las fotos. Contó setenta y dos. Estaban distribuidas en tres sobres de veinticuatro cada uno que correspondían al revelado de tres rollos. Todas habían sido tomadas en el baño del departamento de Doliner, contra la pared de azulejos negros. En todas aparecía un adolescente albino completamente desnudo. De cuerpo entero. De frente, de costado, de espaldas. Había planos detalle de distintas secciones de su anatomía. Los brazos eran flacos y fibrosos. Los muslos, tersos. Las pantorrillas, musculosas. Sus caderas curvas y pronunciadas, exuberantes incluso, le daban un aire femenino. El tórax y la espalda estaban cubiertos de pecas. Los dedos de las manos eran excepcionalmente largos. Las nalgas y el pubis estaban salpicados de una constelación de manchas rojizas tipo ronchas de formas extrañas e irregulares, como grumos de lava volcánica flotando en un mar de leche. Había primeros planos de los genitales y del orificio anal. Pero nada había sido objeto de mayor atención que la cabeza. Había fotos de la cara de frente y de ambos perfiles, de la nuca, de la coronilla en picado y de la barbilla en contrapicado. Había primerísimos primeros planos de cada ojo, de la nariz, de la boca abierta y cerrada, de la lengua, de los dientes, de las orejas.

Tras pasar las fotos varias veces, se dio cuenta de que había algo en la imagen del muchacho, que no podía tener más de dieciséis o diecisiete años, que le resultaba extrañamente familiar. No estamos hablando de la sensación de conocer a una persona o de haberla visto antes; estaba segura de no haber visto a este chico nunca en su vida. Era más bien como cuando uno mira fotos antiguas de algún antepasado y detecta similitudes con uno mismo. Como si hubiese reconocido a un primo lejano que vivió en otra época. De repente se dio cuenta de que lo que veía en ese rostro y reconocía como afín era una cualidad: la inocencia. El muchacho miraba a la cámara siempre con la misma expresión de sorpresa. Los ojos exageradamente abiertos, las cejas arqueadas hacia arriba, la boca fruncida como ofreciéndole un beso casto al espectador. No había lascivia ni malicia alguna en su expresión. Se trataba de un niño obedeciendo órdenes. Si había experimentado abusos, si había sido testigo de horrores, si ya lo habían curtido los elementos de la miseria humana, nada de esto había dejado marca alguna sobre su rostro. Era una postal de la inocencia más pura. Brillaba.

Silvia Rey estimaba que había visto bastantes albinos en su vida, pero ciertamente jamás en semejante detalle. Más que blanco, el tono de la piel era un matiz de gris muy claro, traslúcido como el hueso, recatado como el marfil. En algunas fotos, la epidermis parecía hecha de una aleación de metales preciosos, un material sobrio como la plata e incandescente como el oro. De hecho, el brillo del pelo y el color inaudito de los ojos le daban a su aspecto un aire más dorado que plateado, pensó. Los ojos fueron lo que más la asombró. Un color que ni siquiera sabía que existiese. Azul violeta, como una supernova difuminándose alrededor del agujero negro de la pupila.

—Un marciano —dijo.

No había duda. Doliner estaba estudiando a este joven. ¿Era posible que el muchacho un buen día hubiera decidido robarle y matarlo? Le costaba creerlo. Acaso en los cuadernos se revelase la identidad del chico. Antes de abocarse a ellos, sin embargo, la secretaria se ocupó de una carpeta en la que había cartas y otros papeles diversos, entre ellos un recibo de un hotel en la calle Piedras. Las cartas tenían dos remitentes distintos. El primero era una persona de nombre Zoltán Kamundi. Silvia Rey había visto este nombre antes. Revisó los libros y ahí estaba. Era el autor de *En busca del último albino etíope*. Biólogo y profesor en la Universidad de Eötvös Loránd, en Budapest, leyó en la solapa. Eran dos cartas breves escritas en inglés en las que Kamundi intimaba a Doliner a que desistiese de seguir adelante con la campaña de difamación que había lanzado en su contra. El tono era severo, por momentos agresivo. Kamundi mencionaba abogados, acciones penales; incluso amenazaba con una denuncia en Interpol. Las cartas no especificaban los puntos de la discordia. En una de ellas, Kamundi acusaba a Doliner de ejercer la investigación de modo fraudulento y se mofaba de su afiliación institucional.

El otro remitente era Tomás Bravo, director del Valle de Lirios, un colegio pupilo en la ciudad de Guayaquil. En una de las cartas, Bravo le agradecía a su destinatario el interés que había manifestado por la institución, pedía mayores detalles sobre su hijo y mencionaba un formulario que el profesor había de completar y enviar a la brevedad si pretendía que el muchacho ingresase a tiempo para el segundo semestre. En la otra carta, el director le confirmaba a Doliner la admisión de su hijo, Adán Doliner, al Valle de Lirios y adjuntaba los datos para la transferencia bancaria que cubría la inscripción y la primera cuota. Adán Doliner era el muchacho albino, dedujo la secretaria. Por qué Doliner planeaba internarlo en un colegio pupilo en Ecuador con un nombre falso era una incógnita para la que no tenía siquiera un asomo de hipótesis.

Quedaban los siete cuadernos. El contenido del primero la abrumó. En los seis restantes encontró prácticamente lo mismo. Poco texto, escrito en una cursiva endemoniada. Fórmulas, gráficos, diagramas y diseños incomprensibles para sus ojos de lego. Necesitaría ayuda para descifrarlos. Pensó una vez más en Esteban Solari, el biólogo hijo del amigo de su exmarido. Tendría que hacer la bendita llamada. ¿Podría, o mejor dicho, querría negarse a un encuentro si su ex se lo proponía? Silvia Rey revivió entonces un instante apasionado de sus años de noviazgo, la fiesta de casamiento de su amiga Lucila en la estancia de los padres del novio, en Carmen de Areco, y un baño de servicio. No había sido todo un valle de lágrimas, al fin y al cabo.

Guardó todo el material en la caja de cartón y la acomodó en el estante inferior de uno de los armarios. Se quitó los guantes de látex, los tiró a la basura, se sacó las pantuflas, se puso los zapatos, se abrigó y salió a comprar algo para almorzar. Eran casi las dos de la tarde y caía una llovizna desangelada.

Una vez en la calle, al resguardo de un paraguas infinitamente menos interesante que el del primo de Doliner, y sin saber bien por qué, encaró hacia El Cuartito. Pediría una porción de napolitana y una de fainá para montarla encima. Las bajaría con un chop de cerveza tirada, de pie junto a la barra. No era muy pizzera y el antojo repentino, la certeza absoluta que la movilizó hacia la pizzería de la calle Talcahuano, no pudo menos que sorprenderla. Apuró el paso. Se había levantado un vendaval, el tiempo estaba imposible. Cruzó Córdoba y justo antes de llegar a la esquina de Paraguay la vio. Librería El Grifo. Se detuvo. Miró a través de la vidriera y vio a un hombre canoso de perfil aguileño que leía sentado detrás del mostrador. Intentó abrir la puerta, pero estaba cerrada con llave. El librero no se había percatado de su presencia y leía con un aire de compenetración extrema. Silvia Rey golpeó el vidrio con dos nudillos de sus dedos enguantados.

15

—¿No ve que está cerrado, señora? —dijo el librero a través del vidrio.

Cuando Silvia Rey se identificó como secretaria de la Fiscalía Nacional en lo Criminal y Correccional número..., el hombre abrió la puerta. Necesitaba hacerle una pregunta sobre un cliente, no le tomaría ni cinco minutos, ¿no iba a ser tan amable de invitarla a entrar? Con este tiempo, encima. Monosilábico, el librero la hizo pasar y le indicó el paragüero. Una vez que hubo entrado, el hombre cerró la puerta y volvió a su puesto detrás del mostrador.

El local era pequeño y polvoriento. Olía a papel apolillado. Las paredes estaban cubiertas de estantes atiborrados. En el piso había torres de volúmenes apilados y, sobre el mostrador, montañas de revistas viejas. Silvia Rey, que tenía especial aversión por el polvillo, sintió que se le cerraba la garganta.

—¿Cómo es su nombre?

—Perdóneme, ¿de qué naturaleza es esta visita? —repuso el librero en tono desafiante.

—Informal. Pero como yo le dije mi nombre, me gustaría saber con quién estoy hablando.

—Milpena, Claudio Saturnino. Cincuenta y siete años. Argentino. Casado. DNI...

—Encantada, señor Milpena —interrumpió Silvia Rey, y le explicó la razón de su visita intempestiva.

Milpena escuchaba con creciente interés, y cuando ella hubo terminado, de su actitud inicial de aprensión no quedaba rastro alguno. Por supuesto que recordaba a Aníbal Doliner. Había sido un cliente habitual. ¡Y cómo olvidar la venta del Linneo! Una de las más importantes que había hecho en los últimos años. El librero se había enterado del homicidio por las noticias. Estaba horrorizado, como cualquier hijo de vecino. La secretaria comprendió que el testimonio del hombre podía serle de utilidad, pero el olor a viejo le daba angustia y el polvo le estaba por taponar la glotis. Tenía que salir de ahí lo antes posible.

—¿Ya almorzó? Yo no. Me estoy muriendo de hambre. ¿No me acompaña al Cuartito y seguimos charlando? —dijo Silvia Rey.

Milpena accedió. La visita de la secretaria de la Fiscalía era lo más apasionante que le había pasado en mucho tiempo. Se cubrió los hombros con un impermeable verde oliva, tipo militar, y salió con ella a la calle, donde ahora diluviaba. Se protegieron bajo el paraguas de la secretaria. Él caminaba encorvado y olía a cigarrillo. Había algo apacible en su persona, una afabilidad que contrastaba con la reacción inicial que había producido en Silvia Rey. Cuando entraron a la pizzería, los recibió una vaharada cálida de olor a pan, tomate y anchoas.

Habiendo dado cuenta de sus respectivas porciones de pizza con fainá —napolitana para Silvia Rey; fugazzetta para el librero—, y una botella de cerveza mediante, Milpena le contó todo lo que sabía sobre Doliner.

—Era un tipo parco, había que saber por dónde entrarle para que se distendiese y hablase. Y solo hablaba de lo que le interesaba. Una vez (recuerdo que era uno o dos días antes de las elecciones; ya ni sé qué elecciones) le hice un comentario político y me ignoró olímpicamente. Digo, para que se dé una idea. No me extrañaría que hubiese sido autista. A lo largo de siete u ocho años le vendí muchos libros de biología evolutiva. Le interesaba particularmente la biología evolutiva del desarrollo, lo que se conoce como *evo-devo*. En los meses que nos tomó encontrar el Linneo conversamos bastante sobre sus intereses. Eran cuestiones que yo desconocía por completo y que me apasionaron. A punto tal que me puse a leer sobre ellas; a estudiar, le diría. Tuvimos grandes charlas, aprendí una barbaridad. Le resumo lo que sé. Esa edición del *Sistema de la naturaleza* que le vendí, la décima, publicada en 1758, es rarísima. Él la buscaba desde hacía tiempo. Fue a ver a varios anticuarios, se contactó con vendedores en Europa y en Estados Unidos, pero no tuvo suerte. Yo me comprometí a dar con ella y lo hice. Me la consiguió un librero uruguayo. Es una edición rarísima, como le decía, porque Linneo interrumpió la impresión e hizo un cambio en el texto; eliminó un pasaje y después siguieron imprimiendo. En consecuencia, hay *dos* versiones de la décima edición. Está la estándar enmendada por Linneo a media impresión, y después está la edición alternativa, conocida entre los especialistas como décima A, que Linneo se ocupó de destruir porque contenía aquel pasaje que había puesto tanto empeño en eliminar. Pero, claro, no llegó a deshacerse de todas las copias. Había una en una biblioteca en Budapest, por ejemplo. Doliner se fue hasta allá a buscarla, pero al llegar se enteró de que el ejemplar había sido robado, ¿lo puede creer? Parece la trama de uno de esos policiales eruditos que escriben como *divertissement* algunos académicos con ambiciones literarias. Bueno, el asunto es que la encontré en Uruguay; un anticuario en Melo que tiene cosas insólitas.

»Volviendo al libro, en sus taxonomías Linneo salta del mamífero al primate y del primate al hombre, el *Homo sapiens*. Pero no se detiene ahí. Porque para Linneo hay dos tipos de *Homo sapiens*. Está el *Homo sapiens diurnus*, que vive de día, duerme de noche y pasa la mayor parte del tiempo a la intemperie, cría animales, cultiva la tierra y todo eso (nosotros, digamos), y está también, o mejor dicho estuvo, el *Homo sapiens nocturnus*, una criatura noctámbula que dormía de día, cazaba de noche y vivía en cuevas. Linneo lo llama también *Homo troglodita* o *kakurlako*. El *kakurlako*, como el *Homo sapiens diurnus*, camina erguido, pero es de estatura muy inferior; mide casi la mitad de un hombre promedio y tiene los dedos de las manos tan largos que le cuelgan hasta las rodillas. Linneo lo compara con el orangután. Debido a la falta de exposición a la luz solar, carece casi totalmente de melanina, es de tez blanca y tiene el pelo del color de la leche cuajada. Su esperanza de vida es de alrededor de veinticinco años, calcula Linneo, y no se comunica verbalmente sino mediante silbidos. Pero lo más notable son sus ojos achinados con iris y pupila de color dorado, que le permiten ver en la oscuridad.

»Esta subespecie humana de cavernícolas, según argumenta Linneo en la edición autorizada, se extinguió. Pero en la décima A, el naturalista dice otra cosa. Ahí afirma que el *Homo sapiens nocturnus* no está extinto por completo. Hubo pequeñas tribus que sobrevivieron en cavernas de África Central, de Europa del Este y del Nuevo Mundo. Plinio el Viejo los menciona con el nombre de *leucatopes* y los localiza en Abisinia, lo que hoy es Etiopía. Hernando de Soto usa esta misma palabra para describir a un pueblo indígena que encontró en el norte de la Florida, cerca de la legendaria ciudad de Anhaica. En sus diarios de viaje, Ibn Battuta describe una tribu de "niños de la noche" que vive en Somalía, hombres de baja estatura, piel color tiza y ojos dorados que duermen de día en madrigueras y de noche cazan serpientes y roban ganado. En Sri Lanka, les dicen *chacrelats* y en algunas islas del archipiélago indonesio, *kakerlakos*, que viene de la voz flamenca para "cucaracha". Esta es la palabra que toma Linneo para su propia denominación. Cuestión que en esta edición, la décima A, el tipo asegura que muchos de estos *kakurlakos* se cruzaron con seres humanos produciendo híbridos. Es decir, que lo que hoy llamaríamos el material genético de esta subespecie sobrevivió. Para él, doctora, los albinos descienden de los *kakurlakos*.

»Lo más curioso es que Linneo estudia como un maniático (parece que dormía tres horas por día), mastica sus hipótesis con extremo cuidado, escribe el libro, lo manda a la imprenta y de pronto sale corriendo, grita "Paren las rotativas" y elimina este pasaje. Sugerir que esta otra especie extinta era humana era ya bastante audaz para alguien tan religioso como él. Tal vez fue simplemente una cuestión de prurito científico. Cambió de parecer a último momento, la idea se le reveló de pronto como un absurdo y lo hizo movido por un ataque de pudor. O tal vez haya habido un motivo más abstruso. No se sabe. Lo cierto es que Doliner estaba obsesionado con avanzar en el estudio de esta teoría hasta las últimas consecuencias.

Silvia Rey escuchaba fascinada. Los cuentos del librero la habían puesto de buen humor. Llamó al mozo y pidió una mousse de chocolate. Mientras comía el postre, pasó a cuestiones más concretas, pero Milpena en esto fue de escasa ayuda. Doliner jamás le había hablado de posibles enemigos ni de conspiraciones. El profesor no hablaba de su vida, dijo Milpena, que a continuación, y en un evidente *quid pro quo*, procedió a interrogar a la secretaria acerca de su profesión. Se confesó un amante de la novela policial anglosajona. Conocía los procedimientos de aquellos sistemas legales, pero ignoraba casi por completo cómo funcionaba la maquinaria de la justicia local. Silvia Rey lo desasnó un poco. Enfatizó que en el sistema local quien marca el ritmo de la investigación, quien «le pone su impronta al caso», es la Fiscalía. Dio a entender también que el secretario es una figura mucho más importante que el fiscal durante la investigación.

—Y usted, ¿quiere llegar a fiscal? ¿Cómo se asciende de eslabón en la cadena alimenticia de Tribunales? –preguntó Milpena.

—Es por concurso. Pero, bueno, esto es Argentina, usted se podrá imaginar lo que son esos concursos. No, la verdad es que no me interesa demasiado. El fiscal tiene más prestigio y más poder, pero ese poder lo aleja del día a día de la profesión. A la larga se va quedando sin oficio. A mí me gusta el trabajo de campo. Esto –dijo señalándose a sí misma y señalándolo a él–, el ida y vuelta, la pesquisa.

Milpena detectó un resabio de resentimiento en la respuesta. Adivinó un posible desaire en el pasado, una humillación quizá, un concurso perdido, una serruchada de piso. De todos modos, no había nada malo con un poco de resentimiento, el combustible de toda gran conquista social.

—¿Y cómo se lleva con la policía? –preguntó.

—El policía argentino promedio es ignorante, es vago, es incompetente, está fuera de forma, no tiene ni las más mínimas nociones de defensa personal, no sabe siquiera manejar una cachiporra. Y sufre, como es tristemente sabido, de una marcada tendencia a la anomia. No es su culpa, la verdad; es un trabajo muy ingrato y muy mal pago. Estamos hablando de gente básicamente lumpen. De la villa, el que no sale ladrón sale policía. Yo igual puedo elegir con quiénes trabajar en muchos casos. Y la clave es tenerlos cortitos. Apurarlos. Y si no cumple lo citás en tu oficina a las siete de la mañana y lo dejás esperando dos horas, haciéndolo juntar pis. La comisaría es un mundo aparte, cada una tiene sus kiosquitos. Y a veces esto interfiere con la causa —dijo Silvia Rey.

El librero se hubiera quedado charlando toda la tarde. La secretaria le resultaba tremendamente atractiva. ¿Cuántos años tendría? ¿Marido, hijos? No tenía anillo. Milpena hacía lo posible por no posar la mirada sobre su seno generoso y redondeado por el contorno mullido del sweater, pero de tanto en tanto se le iban los ojos. Silvia Rey se daba cuenta. No le molestaba. Tampoco se sentía particularmente halagada. Milpena era la sombra de un hombre más que un hombre. Su color ceniza y sus ojos aguachentos presagiaban una muerte temprana, pensó la secretaria. Cuando anunció que tenía que marcharse, el librero no pudo ocultar su desazón. La invitó a que visitara la librería cuando quisiera. La secretaria le dio las gracias y dijo que volvería a pasar para revisar su sección de novelas policiales.

Ya no llovía. De camino al auto, Silvia Rey reprodujo en su cabeza fragmentos de la conversación con Milpena y se maldijo. Había hablado de más. Atolondrada, cebada por el interés del librero, se había ido de boca. ¿Qué necesidad de menospreciar así a la policía? Para bien o para mal, eran sus compañeros de trabajo. Pudiendo haberle ofrecido a Milpena una visión matizada de la realidad, no había hecho más que confirmarle el estereotipo de la policía que tiene cualquier idiota. Todos brutos, todos vagos, todos corruptos. ¿No podía haberle hablado del inspector Acosta, con quien se llevaba de maravillas y junto a quien había resuelto casos de gran complejidad? O de Carrucci, el pobre Carrucci, cuyo atuendo, lenguaje y conducta intachable denotaban un esfuerzo por cambiar la percepción que se tiene de su profesión. Y eso de «haciéndolo juntar pis», ¿de dónde había salido? Qué desagradable. Estaba furiosa consigo misma. Encendió el motor y arrancó haciendo chirriar los neumáticos contra el asfalto mojado.

16

Ese lunes, Silvia Rey llegó tarde a La Niña de Oro. Su padre ya había desayunado y leía el diario.

—Perdón, papá, no sonó el despertador —se excusó.

Francisco Rey la ignoró y le hizo un gesto al mozo.

—Carlitos, ¿le traés a la doctora? —E inmediatamente, dirigiéndose a su hija—: Qué mala cara, Silvita, ¿te pasa algo?

Y ahora fue ella quien lo ignoró a él.

Era cierto, de todos modos. Tenía ojeras y la piel de un color ceniciento que le exaltaba las arrugas en la comisura de los labios. Faltaba poco más de un mes para la primavera y afuera la ciudad estaba envuelta en un manto gris, húmedo y frío.

Francisco Rey pidió novedades sobre el caso del profesor de biología y el albino, pero chocó contra un muro de evasivas. Su hija tenía una política más bien laxa a la hora de compartir con él información sobre su trabajo. Si estaba de humor, era capaz de revelarle secretos de sumario y detalles delicadísimos de la investigación, siempre haciéndole jurar por todos sus muertos que no los compartiría con nadie. Y Francisco Rey por lo general cumplía, aunque alguna que otra indiscreción se le escapaba ocasionalmente, con el portero o con los mozos del bar. Ese día, sin embargo, Silvia Rey era una tumba. Todavía la perturbaba el recuerdo de la conversación con el librero y había decidido adoptar a rajatabla una conducta más discreta no solo en su profesión, sino en su vida en general. Hablar menos, lo justo y lo necesario, sopesar mejor las palabras, rehuirle al lamento y a la chicana, evitar a toda costa el chisme y la maledicencia. En síntesis, abstenerse de adoptar los modos preferidos del discurso cotidiano.

—¿Te acordás de Roberto Calori? —dijo Francisco Rey bajando el diario.

—No —respondió su hija.

—El marido de Teté. El vendedor de palanganas.

—Ah, sí. Pero ¿no trabajaba para una petrolera?

—Cuando lo conocí vendía palanganas. Se murió. Me dijo Horacito. Yo lo vi hará un mes. Estaba arruinado.

—Pobre. ¿Vas a ir al velorio?

—Pero ¿vos estás loca? ¿Con este tiempo?

—Claro, no. Oíme, papá, ¿vos perdonarías algo terrible que me hiciesen a mí? Ponele que me matan, ¿podrías perdonar al asesino? Con el tiempo, digo.

Francisco Rey lo pensó un instante.

—No sé si podría, pero lo intentaría. Es terrible vivir con un rencor así.

—¿No creés que algo solo puede resultarnos imperdonable si nos pasa a nosotros, si lo sufrimos en carne propia?

—Sí, puede ser. Porque el otro es otro, no es uno. Por más que lo queramos con toda el alma, está afuera. Lo que le pasa al otro nos puede doler, nos puede romper el corazón, pero es un dolor que tarde o temprano pasa. Se me ocurre que uno, en cambio, está condenado a cadena perpetua en su propio cuerpo, solo con su propio sufrimiento —dijo Francisco Rey.

—Sí, yo también creo eso. Es el dilema de la justicia. El sistema no puede nunca resarcir del todo a la víctima. Por más severo que sea, el castigo siempre se queda corto. En un sentido, el culpable sale indemne pase lo que pase. El sistema, a la larga, siempre perdona. Y la víctima o bien se muere o bien está condenada a vivir el resto de su vida con la marca de lo que le pasó.

Camino a la fiscalía, Silvia Rey escuchó las noticias. En una playa del Mediterráneo, el príncipe de Gales fue amenazado por un hombre que blandía un arpón. Lanús le ganó 2-1 a Independiente de visitante. Chechenia declaró el estado de sitio. A la altura del Automóvil Club recordó a los tres malabaristas y, cuando frenó en el semáforo de Austria, allí estaban. Hicieron su show con la gracia y la destreza habituales y Silvia Rey se entristeció. Tanto talento desperdiciado. Una generación entera destinada a la miseria y a la violencia. Fue el más chiquito esta vez quien se acercó a su ventanilla con la gorra. Ella le dio cinco pesos y el niño balbuceó un agradecimiento. Tenía los ojos vidriosos y vacíos, como los tienen a veces las personas segundos después de morir. «El pavoroso drama del Poxirán», pensó la secretaria.

Cuando llegó a la fiscalía llamó a Carrucci, pero no lo encontró. Y cuando el subinspector le devolvió la llamada, Silvia Rey había salido a almorzar con un amigo que trabajaba en otra fiscalía. No se veían desde hacía tiempo y dedicaron todo el encuentro al intercambio desvergonzado de chismes sobre colegas y conocidos. A la primera maledicencia que cruzó el cerco de sus dientes, la secretaria sintió una puntada de culpa. No había podido mantener su promesa de rehuirle a la cháchara ni siquiera un día entero. Pero no tardó en quitarse todo cargo de conciencia como quien saca la basura, y en menos de lo que canta un gallo se había entregado de lleno al trueque de rumores y al comentario malicioso. ¡Era tan divertido! Un entretenimiento sano e inofensivo. Cuando volvió a la fiscalía encontró a Carrucci, que charlaba con Ana María en la cocinita mientras la fiscal preparaba café.

–... lo mínimo indispensable –decía Carrucci cuando entró Silvia Rey.

Ana María soltó una risita falsa. Carrucci tenía el traje azul. La secretaria notó una expresión aniñada en sus ojos que no había percibido antes. Reparó entonces en la simpatía que le inspiraba el subinspector. Estaba contenta de verlo.

–Vamos los tres a mi despacho –dijo la fiscal.

Carrucci hizo un gesto caballeroso con la mano y le dio el paso a Silvia Rey.

–Entonces del albino ni noticias –dijo la fiscal.

–¿Apareció Gachalá? –agregó Silvia Rey.

Carrucci confirmó que no habían conseguido localizar a ninguno de los dos.

–¿Qué pasa con los taxi boys que lo identificaron? Hay que volver a hablar con ellos, ¿no le parece, Carrucci? –insistió la secretaria.

Acto seguido, le pasó a Carrucci las copias que había mandado hacer de dos fotos del albino. Una del cuerpo entero, con la zona genital borrosa, y otra de la cara.

Parece una nena —comentó Carrucci al ver la foto—. A esos dos, a los taxi boys, ¿se los traigo o me ocupo yo?

—No, vos —ordenó Ana María.

Silvia Rey entonces procedió a resumir lo que había sacado en limpio a partir de los papeles de Doliner y de la conversación con el librero. Carrucci y la fiscal la escuchaban con poco interés.

—Otra cosa —dijo la secretaria—, hay que ir al Hotel Covarrubias, es un hotel de pasajeros en la calle Piedras. Hable con el encargado y muéstrele la foto. Entre los papeles que encontramos detrás del lavarropas había un recibo por siete noches en ese hotel, con fecha del 13 de julio.

—¿Doliner pagó una semana de hotel para ir con el chico este, decís? ¿Y en serio creés que esto no es de naturaleza sexual?

—Ah, pero esto no es nada, Carrucci. Vos porque no la conocés. En una semana el caso va a estar relacionado con el robo de las manos de Perón —dijo Ana María.

Silvia Rey sonrió con displicencia.

—Sí, búrlense nomás. Pero Doliner tenía motivos muy concretos de corte profesional para interesarse en este chico. Si además había sexo de por medio, no lo sé. Igual no importa. El chico sigue siendo el principal sospechoso y hay que encontrarlo —dijo.

Carrucci y la fiscal asintieron en silencio. Silvia Rey percibió que acababa de nacer entre ellos una irritante complicidad. Entonces pasó al tema de las cartas. Le había resumido sus hallazgos a Carrucci por teléfono el día anterior, pero quería asegurarse de que hablase con la gente de Migraciones. En primer lugar, estaba interesada en saber si un tal Zoltán Kamundi había entrado al país en los últimos meses. La hipótesis del crimen por encargo motivado por una reyerta de corte científico le parecía tirada de los pelos, pero el tono agresivo de las cartas la obligaba como mínimo a chequear. Una vez que Carrucci tuviese novedades, ella se comunicaría con Kamundi.

Respecto de las cartas del director del colegio en Guayaquil, necesitaban saber si Doliner había viajado a Ecuador en los últimos meses. La secretaria anunció que se pondría en contacto con Tomás Bravo para averiguar el contenido de las cartas que había mandado el profesor. Si había anotado al chico en un colegio pupilo extranjero con apellido falso, tenía que haber falsificado documentos. Pasaporte, como mínimo. Mismo la partida de nacimiento.

–¿Y dónde están? –preguntó Carrucci, y se respondió a sí mismo–: Los tiene el albino, claro.

–Seguro. Esto también me hace pensar que la relación con el chico no era de naturaleza sexual –dijo Silvia Rey.

–Sí, claro, ¿dónde se ha visto un padrastro que abuse de un hijo? –dijo Ana María.

Carrucci rio y se puso de pie para irse. Se despidió de la fiscal con la promesa de llamar esa noche con novedades. Silvia Rey lo acompañó a la puerta.

–No le lleves el apunte –dijo en referencia a Ana María–, no soy una delirante. Y, creeme, si los casos se resuelven acá es porque yo tengo mordida de pitbull, agarro y no suelto.

–Vos me tuteás o me tratás de usted. Decidite –le advirtió el subinspector con una sonrisa de casanova.

Más tarde, en su oficina, Silvia Rey recordó los cuadernos de Doliner. Tenía que contactarse con el hijo de Solari. ¿Era realmente necesario determinar en detalle lo que estaba investigando Doliner? ¿Las fotos, los libros y fotocopias, las muestras de sangre en la heladera no eran evidencia suficiente de que tenía un interés profesional en el chico? Lo cierto era que no, no era necesario; y sí, sí era suficiente. La secretaria cavilaba y mordisqueaba un lápiz. De un momento a otro, levantó el teléfono y marcó el número de su exmarido.

17

Ocupado. En lugar de ver en esto una oportunidad que le daba el universo para revertir una decisión tan desafortunada, Silvia Rey lo tomó como un desafío. Ahora insistiría hasta encontrarlo. Conseguiría el número de Esteban Solari y luego el de su hijo, el biólogo. Y si su exmarido proponía un encuentro le diría que no y rechazarlo la llenaría de orgullo y de satisfacción. Él se quedaría patitieso, tan irresistible que se creía. Tal vez el rechazo lo hiciera sentir viejo. Quizá lo llevara a perder la fe en su superpoder de seducción, del que siempre había hecho un culto desvergonzado. Ella, para complacerlo o para exteriorizar sus propios miedos y de este modo tratar de exorcizarlos, siempre le había hecho el juego. Se jactaba del donjuanismo de su marido en reuniones con amigos, por ejemplo, haciéndose la indignada con escenitas de celos postizas que hacían reír a todos; y al final de la noche la gente se iba convencida de haber presenciado la dinámica íntima de una pareja tan moderna, tan en sintonía, unida por un vínculo tan estrecho que hasta podían permitirse bromear con esas cosas. A un observador agudo, sin embargo, no se le habría pasado por alto que estos sketches de comedia se representaban contra un trasfondo de rencores. Y habría adivinado un reguero de vejámenes y humillaciones que se extendía hacia el pasado.

Marcó el número una vez más.

Ocupado.

No le daba culpa querer humillarlo. Sabía, además, que no le haría daño. El muy sinvergüenza estaba hecho de teflón. Al mismo tiempo, algo en ella le aseguraba que no sería capaz de decir que no si él sugería un encuentro e insistía e insistía como sabía insistir. El valor de verdad apodíctica que tenía esta convicción la enfureció.

Volvió a marcar el número.

Ocupado.

Fue a buscar a Ana María y la invitó a tomar unos mates con bizcochitos. Calentaron agua, abrieron una bolsa de 9 de Oro y se sentaron en el despacho de la fiscal a ver morir la jornada pasándose el mate e intercambiando pareceres. Ana María quería hablar de Carrucci. Era un policía totalmente inusual. Silvia Rey estaba de acuerdo. Ana María agregó que le resultaba atractivo y notó que estaba casado, pero que no usaba alianza. Silvia Rey también había reparado en la sutilísima franja de piel más pálida en el dedo anular.

—¿Recién separado? —especuló la secretaria.

—¡Qué recién separado ni qué ocho cuartos! Es un pirata. Con pata de palo, parche en el ojo y lorito en el hombro. Y te está arrastrando el ala, no te hagas la que no te das cuenta —dijo Ana María.

Silvia Rey no pudo evitar una sonrisa maliciosa. Sin embargo, no estaba tan convencida de que Carrucci fuese mujeriego. Era una incógnita. Parecía sapo de otro pozo en la policía, aunque estaba claro que no lo era. Bastaba con verlo interactuar con sus cabos. Había un dejo melancóli-

113

co en él que tal vez fuese la sombra de un largo anhelo, una cicatriz dejada por años de esfuerzo esperanzado, de frustraciones y de privaciones, aunque también podía tratarse de una nota de su personalidad, la marca inconfundible de quienes nacieron bajo el signo de Saturno. Y, sin embargo, aquel día, al verlo recién afeitado, con los zapatos de siempre refulgentes, había percibido en él la imagen de un hombre complacido con el lugar que ha llegado a ocupar en el mundo.

Hablaron también de Doliner, y Silvia Rey compartió con Ana María algunas de sus inquietudes. Entre el interés científico del profesor en el albinismo y su proyecto de inscribir al chico en un colegio pupilo había un abismo de circunstancias y motivaciones sobre el que la secretaria temía no llegar nunca a arrojar luz. Ana María creía que una vez que la policía encontrase al albino todo se aclararía.

Silvia Rey celebró el chiste de la fiscal con una pequeña reverencia, comió un último bizcochito y anunció que era hora de hacer la llamada a Ecuador.

–Me parece muy bien. Yo me estoy yendo, mañana me contás.

La fiscal se despidió. Silvia Rey volvió a su oficina y llamó una vez más a su exmarido. Ahora no atendía nadie.

Tomás Bravo, director del colegio Valle de Lirios, quedó estupefacto al escuchar la noticia del homicidio. Le había parecido extraño que Doliner hubiese interrumpido la comunicación porque, según había asegurado, quería que su hijo empezase las clases en agosto costase lo que costase. El silencio repentino había sido interpretado por Bravo como un cambio de planes. Tampoco era tan inusual. A fin de cuentas, el profesor no había llegado a enviar el pago de la inscripción y la primera cuota. Silvia Rey quiso conocer en detalle el contenido y la cronología de sus interacciones.

—Recibí la primera carta a mediados de junio. Le habían hablado del Valle de Lirios y creía que era el colegio indicado para Adán. Lo describía como un niño de una gran inteligencia que, hasta el momento, se había educado con él. A los catorce años, el niño nunca había ido a la escuela. Debo decir que esto nos llamó la atención y nos causó cierta alarma. Le pedimos más detalles sobre Adán. En su segunda carta, del primero de julio, lo describió como un niño aplicado y de muy buena conducta. Dijo que padecía de albinismo oculocutáneo y que a causa de su condición era muy retraído, pero que su inteligencia y su buena disposición lo hacían destacarse entre otros niños de su edad. Dijo que nos sorprenderíamos al conocerlo. Agregó que anhelaba un futuro mejor para su hijo, un futuro que en Argentina le estaba vedado. Esta segunda carta vino acompañada del formulario que le enviamos, completo con todos los datos del niño. Faltaban copias del pasaporte y de la partida de nacimiento. Se lo comuniqué por teléfono. Prometió enviar la documentación a la brevedad. No supimos más de él. Había urgencia en sus cartas. Como si quisiese sacarse de encima a su hijo lo antes posible. O como si estuviesen huyendo —concluyó Bravo.

Silvia Rey pidió que le mandase por fax las dos cartas de Doliner y el formulario. Tomás Bravo prometió hacerlo no bien concluida la llamada.

Adán Doliner, según el formulario, había nacido en Buenos Aires el 12 de junio de 1985, hijo de Aníbal Doli-

115

ner y Laura Alberch Vie, fallecida en 1987. En la sección destinada a los antecedentes escolares, Doliner había escrito simplemente que su hijo se había educado con él. En el formulario especial dedicado a la historia clínica del aspirante constaba un calendario de vacunaciones estándar, se especificaba el tipo de albinismo congénito que padecía el joven (albinismo oculocutáneo OCA2) y se indicaba que sufría serios problemas de vista. El joven tenía miopía extrema y debía usar gafas en todo momento.

El chico era mucho más que un objeto de estudio para Doliner, constató Silvia Rey. Si se trataba en efecto de un taxi boy, era posible que el profesor hubiese querido rescatarlo de los peligros de una vida marginal ofreciéndole la posibilidad de un futuro mejor. Pero ¿por qué en Ecuador? De esto no se desprendía sin embargo que el chico no fuese el asesino. Era posible que hubiese planeado robarle y huir del país. Tal vez supiera que Doliner tenía una pequeña fortuna escondida en la casa.

Llamó a Carrucci, pero el subinspector no tenía novedades ni del principal sospechoso ni de Alcira Gachalá. Y como no hay dos sin tres, los taxi boys que habían confirmado la existencia del albino estaban desaparecidos. Silvia Rey soltó un improperio. El subinspector, sin inmutarse, le respondió dándole la única novedad que tenía. Según la oficina de Migraciones, ni Doliner había salido de Argentina en los últimos meses ni figuraba el ingreso al país de alguien llamado Zoltán Kamundi.

—Bien. Ahora, por favor, buscame a toda esta gente —dijo la secretaria.

Eran las seis. Silvia Rey pensó en llamar a Zoltán Kamundi, pero calculó la diferencia horaria con Europa y decidió dejarlo para el día siguiente. Antes de irse, marcó por última vez el número de su exmarido.

—Pero qué linda sorpresa —dijo una voz remilgada del otro lado del teléfono.

18

Al día siguiente salió el sol después de varios días de neblina y de garúa.

—Tenés mucho mejor color hoy —le dijo Francisco Rey no bien la vio.

Silvia Rey tenía las mejillas rubicundas y los ojos le brillaban con un fulgor especial. Ya en el auto yendo a la fiscalía se preguntó si los padres acaso supiesen todo acerca de sus hijos. Hechos como estaban del mismo material genético, ¿conocían sus cuerpos y sus mentes del mismo modo en que conocían los suyos propios? ¿Era posible que Francisco Rey intuyera o supiera efectivamente lo que había hecho su hija la noche anterior?

—Comí bife con ensalada y dormí muy bien —había sido la explicación de ella.

Era cierto. Omitió con quién había comido y sobre todo evitó mencionar que no había dormido sola. Su padre se alegró y compartieron un desayuno de lo más agradable.

El día anterior, como era de prever, su exmarido había exigido un encuentro a cambio del teléfono de Solari. Y aquí fue cuando Silvia Rey se sorprendió a sí misma.

Aceptó. Pero lo hizo con plena conciencia de que, una vez en posesión del número, le daría las gracias y se despediría sin dar cabida a réplicas o lamentos. Así fue. Entonces llamó a Solari, el gran amigo de su marido, amigo suyo también, a decir verdad; alguien a quien conocía desde hacía veinte años, con quien había compartido un sinnúmero de veladas, asados, fiestas, incluso alguna que otra vacación. Y, broma va, broma viene, de pronto se encontró aceptando una invitación a comer afuera. Sí, esa misma noche. ¿Por qué no? Solari la pasó a buscar en un taxi y fueron a Corpo di Bacco, enfrente del monumento al Cid Campeador. Comieron como heliogábalos, vaciaron dos botellas de Don Valentín Lacrado, rememoraron y, sin darse cuenta, de un momento a otro, estaban coqueteando con premura de solteros. Cuando ella se excusó para ir al baño, él la siguió y, al verla salir, la arrinconó contra la pared del pasillo con ímpetu mesurado y la besó. Ella acompañó la iniciativa tomándolo de la nuca. Terminaron la noche en el departamento de Silvia Rey.

En la oficina la esperaba un mensaje de Carrucci. Había estado en el Hotel Covarrubias y tenía novedades. Silvia Rey lo llamaría después de hablar con Zoltán Kamundi. Martín se había comunicado con la secretaria del Instituto de Biología de la Universidad de Eötvös Loránd y habían acordado una entrevista para las diez de la mañana, hora argentina. Kamundi estaba de vacaciones, pero había accedido al conocer el motivo de la llamada. El inglés del profesor húngaro era excelente, según su secretaria. El de Silvia Rey no tanto, de modo que Martín participaría silenciosamente de la llamada, tomaría notas e intervendría ante cualquier dificultad. El auxiliar escribiente se presentó en el despacho de la secretaria con dos tazas de café y se ubicó del otro lado del escritorio con un anotador.

Zoltán Kamundi era profesor de genética y biología molecular. Había escrito una cantidad exorbitante de artículos, además del libro *En busca del último albino etíope*, publicado originalmente en inglés en 1996. Era rubio, obeso y un insigne cazador, según había descubierto Silvia Rey durante una búsqueda apresurada por internet. Las cartas que le había enviado a Doliner eran de 1996, año en que la víctima viajó a Hungría en busca del volumen de Linneo. La secretaria sospechaba que el viaje también estaba relacionado de alguna manera con Kamundi y quería conocer en detalle los motivos de la trifulca entre los dos hombres.

El teléfono no había sonado dos veces cuando retumbó en el altavoz la voz de Zoltán Kamundi. En un inglés rústico pero clarísimo, empezó anunciando que hablaba desde su casa de verano en Bodony, «en pleno macizo de los Mátra, a unos cien kilómetros de Budapest, dirección noreste». No solía atender llamados cuando estaba de vacaciones, aclaró, pero había decidido hacer una excepción debido a la gravedad del asunto. Silvia Rey se lo agradeció mientras le hacía una mueca de incredulidad al auxiliar escribiente. Para ablandarlo, le dijo que tenía entendido que era un gran cazador.

—¡Hago lo que puedo! Modestia aparte, he ganado varios trofeos. Es el deporte más antiguo del mundo, una magnífica tradición que nos hermana con nuestros ancestros homínidos —declaró Kamundi.

—¿Qué se caza por ahí, profesor?

—Jabalíes y muflones, todo el año. Ahora en verano es temporada de corzos y de patos salvajes —especificó Kamundi. Y, retribuyendo la gentileza, agregó—: Ustedes tienen la Patagonia.

120

—¿Conoce?

—Sí, muy bien. He estado en dos ocasiones. En 1978 y 1986. Chubut, Epuyén. La primera vez maté un huemul de ciento dos kilos. Buenos recuerdos. ¡Asado! ¡Flan con dulce de leche! Fuimos a Esquel. Parque Nacional los Alerces. Lago Futalaufquen. Una belleza natural única en el mundo. Buenos Aires no me gusta. Es fea y gris. Me deprime.

—¿En serio? Dicen que se parece a Budapest; de hecho, *Evita* se filmó en parte en Budapest por...

—¡Qué tontería! ¿Quién dijo eso? —reaccionó el húngaro.

—No importa. Vamos al grano —dispuso Silvia Rey.

Este exabrupto de Kamundi fue el primero de varios. Silvia Rey descartó de inmediato que hubiese tenido algo que ver con el crimen. De haber mandado a matar a Doliner, no hubiese hablado de él en esos términos.

—Un impostor, un plagiario, un difamador, un resentido, *a fucking loser*. Se encontró con la horma de su zapato. Que se pudra en el infierno con Mengele.

Kamundi vociferaba. Su tono rocoso se filtraba por el altavoz y llenaba todo el ambiente. Era como si el profesor estuviera ahí, toda su enorme presencia condensada en ese vozarrón que les respiraba encima. Silvia Rey y Martín lo escuchaban con un mohín de espanto. Ana María, que acababa de llegar, lo oyó desde el pasillo, entró sigilosamente y se sentó con ellos.

Cuando el hombre se hubo tranquilizado, dio su versión de los hechos. Zoltán Kamundi supo de la existencia de Doliner por primera vez en 1995, cuando estaba terminando de escribir su libro. En este punto, el profesor se vio obligado a ofrecer un brevísimo resumen de los principales argumentos que allí exponía para que se entendiese mejor la secuencia de la historia. Siete años de trabajo con

121

albinos oriundos de la región de Gamu-Gofa, en el sur de Etiopía, estudiando su material genético y comparándolo con el de especímenes albinos de *Gerbillus pulvinatus*, un pequeño roedor autóctono de la zona del lago Turkana, lo habían llevado a la conclusión de que era necesario revisar una hipótesis obsoleta propuesta por Linneo. Silvia Rey aclaró que conocía la hipótesis linneana y el húngaro emitió un rugido de sorpresa.

—¡Muy bien, señora!

—*Yes, continue, please* —ordenó Silvia Rey irritada.

Ana María contuvo una risita.

—Promediaba nuestra investigación cuando se anunció el Proyecto Genoma Humano. Eso cambió todo. La idea de Linneo de que los albinos son descendientes de una subespecie de *Homo sapiens* crepuscular que vivía en cavernas y tenía visión nocturna es absurda, desde luego. Pero en esa taxonomía, en la distinción «diurno-nocturno» para ser exactos, mi equipo y yo creímos encontrar el marco teórico indicado para encuadrar nuestros hallazgos, las increíbles similitudes genéticas entre estas personas y los ratones del desierto. Es mucho más complejo que esto, pero no importa, los pormenores no vienen al caso. Lo importante es que este argentino un buen día se puso en contacto conmigo por vía postal. Había leído algunos artículos míos sobre este tema y, según dijo, estaba siguiendo una línea investigativa similar. Jamás había oído hablar de él, así que hice mis averiguaciones. No pertenecía a ninguna universidad ni a ningún instituto de investigación; no tenía credenciales científicas de tipo alguno. No respondí. Tiempo después me llamó por teléfono. Su atrevimiento me resultó chocante, pero fui amable. Planeaba visitar Budapest y quería concertar un encuentro. Me excusé y le mentí, le dije que no estaría en la ciudad en esas fechas.

Volví a olvidar el asunto y unos dos meses más tarde... ¡se presentó en mi oficina! Una vez más fui amable, aunque le dije que tenía poco tiempo. La reunión no llegó a durar quince minutos. Le interesaba la teoría de Linneo, pero se la tomaba al pie de la letra el muy ignorante.

»Un día me llegó una carta de la Biblioteca de la Academia de Ciencias. El director me informaba de una denuncia hecha en mi contra y en forma anónima, una denuncia asombrosamente torpe por cierto. Se me acusaba de haber robado un libro de la colección, un Linneo de 1758 que desapareció junto con muchos otros volúmenes durante la Segunda Guerra Mundial. Es decir, que me lo robé cuando tenía dos años. Ni se me ocurrió conectar esto con el personaje de Doliner. Pero no pasó mucho tiempo antes de que llegara la primera carta intimidatoria. Era una carta de Doliner al rector de la universidad con copia para mí. El cabeza de chorlito me acusaba de haberle robado la idea de conectar el estudio genético del albinismo africano con la taxonomía de Linneo. ¡Y a continuación decía que yo había sido quien se había robado el Linneo de la biblioteca! El rector inmediatamente reconoció el fraude como lo que era, una patraña vil producto de la envidia. Le expliqué que no era un colega, que era un miserable maestro de escuela con delirio de hombre de ciencias. ¡Un pobre infeliz!

»La segunda carta llegó un mes más tarde, esta vez de parte de mi editor en Mendel Publishers. Basándose en una serie de anécdotas absurdas, un tal Aníbal Doliner lo había intimado a que sacase de circulación mi libro aduciendo que era un plagio de su propio trabajo. Va de suyo que mi editor no dio crédito a estas acusaciones. De todos modos, la editorial me pidió que compusiese un texto de descargo. Fue entonces cuando le envié mi primera carta, instándolo a abandonar esta cruzada infame contra mi persona. Me respondió de inmediato, acusándome de haber robado ideas suyas de un artículo suyo publicado en una revista sudamericana a principios de los años noventa. Investigué. Este artículo existía. Llamarlo "artículo" es exagerado. Era una columna en una revista de divulgación científica donde Doliner simplemente mencionaba la teoría de Linneo sobre el *Homo sapiens nocturnus*. No sé castellano, ¿cómo iba a conocer ese trabajo? Además, yo ya había publicado dos papers sobre el tema para ese entonces. Era una infamia. No respondí y volvió a contactarse con el rector acusándome de plagiario. Entonces lo amenacé con abogados y le dije que lo denunciaría a Interpol. Ja, ja. Se asustó. No volví a saber de él. De todos modos, fue un episodio insignificante en mi vida. Una farsa. Imagínese si yo, que me las tuve que ver con los brujos de Tanzania, me voy a dejar amedrentar por un ser tan patético como Doliner —concluyó Kamundi.

Silvia Rey no pudo contener la curiosidad.

—¿Brujos de Tanzania?

Kamundi entonces contó que durante la temporada que pasó en Etiopía haciendo trabajo de campo había conocido hombres y mujeres con albinismo que habían sufrido ataques de parte de médicos brujos tanzanos. A uno le habían cortado las manos. A otro, la lengua. Había casos de albinos asesinados y denuncias de tumbas profanadas. Algunas de las ramas más heterodoxas de la medicina tradicional muti utilizan partes humanas para preparar pociones y amuletos. Los albinos son especialmente preciados por sus cualidades mágicas. Según Kamundi, la realidad de oprobio y de penurias que viven allí los albinos lo despertó de sus «sueños dogmáticos» y decidió involucrarse. Denunció los ataques ante la policía local y ante la misión de las Naciones Unidas en Adís Abeba. Empezó a recibir amenazas telefónicas y un día le dejaron una cabeza de perro en la puerta de la casa que alquilaba. Al poco tiempo volvió a Hungría. El caso quedó abierto y, hasta donde había tenido noticias, nunca hubo arrestos.

Cuando concluyó su relato, Ana María, Martín y Silvia Rey se miraban atónitos. Habiéndole agradecido que se hubiese hecho tiempo para atenderla, Silvia Rey le pidió como último favor que le mandase por fax todas las cartas. Kamundi prometió que lo haría cuando volviese a Budapest. La secretaria le deseó éxito en la matanza de animales silvestres, se despidió amablemente y cortó el teléfono con un gesto de repulsión.

—¡Qué energúmeno! —exclamó echándose hacia atrás en la silla. Estaba exhausta.

—¿No valdría la pena investigarlo un poco más? —sugirió Martín.

—¿Para ver si mandó a un sicario desde Hungría? Pero no, querido. Este tipo es un sociópata. Debe acosar a sus alumnas. Pero no es un asesino —dijo la fiscal.

—Salvo de animales —acotó Silvia Rey.

19

Aquella mañana, el subinspector Carrucci se despertó más temprano que de costumbre tras una noche espinosa. Sufría de apnea del sueño y su condición había empeorado en los últimos años. El dispositivo bucal que usaba ya no surtía efecto. Ciertas noches, se despertaba cada quince o veinte minutos, sin aire, sudando y con el corazón a todo galope. Era hora de probar algo distinto. El médico le había sugerido una máquina de oxígeno, pero eran carísimas y la obra social de la policía no cubría nada relacionado con los trastornos del sueño, quizá porque no hay oficial de policía que no sufra de ellos. Había dejado de fumar hacía un año y medio, pero no percibía cambios significativos en su condición. Y tampoco se acostumbraba a no fumar. Extrañaba el cigarrillo con locura y lo carcomía una ansiedad perenne que intentaba aplacar rumiando caramelos de regaliz. Liquidaba hasta cinco paquetes de Media Hora por día. Ya le habían salido dos caries.

La ducha de agua casi hirviente lo tonificó. Se enjabonó con esmero, poniendo especial atención en las axilas, fuente de sus exudaciones más penetrantes. Inclinó la cabeza y dejó que el chorro le escaldara la nuca y le macerara los músculos del cuello y de los hombros, una forma de hidromasaje rudimentaria pero efectiva. De acuerdo con la rutina (y Carrucci era lo que se dice un animal de rutina), concluyó la ceremonia del baño con diez segundos bajo el agua helada, una patada de electricidad que lo dejó listo para afrontar un día más en el mundo cruel. Envuelto en la toalla, puso la radio y se afeitó. El pronóstico del tiempo anunciaba un día de sol.

A medio vestir, calentó una tacita de café del día anterior en el microondas y al darle el primer trago se quemó la lengua.

–Pero ¡la puta digo!

Volcó el café en la bacha, abrió la canilla y mojó la lengua en el chorro de agua fría. Después se lavó los dientes, lustró los zapatos y se puso el traje color mostaza que acababa de volver de la tintorería. A fin de eliminar el gusto del dentífrico mezclado con café, se metió en la boca el primer caramelo del día. Antes de salir, abrió las persianas para facilitar el trabajoso despertar de su mujer, que, sumida en su letargo de bella durmiente, emitió un rezongo destemplado a modo de despedida. Afuera, el cielo estaba despejado y cantaban los pajaritos. Carrucci se subió al auto, sintonizó la 2x4 y enfiló hacia Congreso por avenida San Martín.

El Hotel Covarrubias quedaba en el segundo piso de un edificio que Carrucci conocía bien. Mesas de dinero, agencias de turismo, estudios de caranchos, garitos, prostíbulos. Encontró la recepción vacía y dio una vuelta por el pasillo. Olía acre, los pisos de madera crujían como si estuvieran por desfondarse, el aire era denso y una luz mortecina apenas permitía distinguir los números de las habitaciones. Una pocilga. A través de una de las puertas escuchó gemidos de mujer y una cama de metal que chirriaba como tranquera oxidada. «Qué lindo un mañanero», pensó el subinspector. Volvió a la recepción y esta vez atravesó el mostrador y entró en una pequeña oficina donde un anciano dormitaba sentado en una silla.

–Ey. Abuelo. Quiquiriquí –dijo Carrucci.

El viejo abrió los ojos sobresaltado y se incorporó. Al enterarse de con quién trataba, inmediatamente adoptó el modo deferente y servil que adopta la gente cuando tiene enfrente a la policía. A Carrucci le divertía esto. «Tanto nos desprecian, pero cuando nos tienen cerca bien chupamedias y acaramelados que se ponen», pensó. Explicó que buscaba a un adolescente albino que había pagado una habitación entre el 13 y el 20 de julio. Le mostró la foto.

–¿Lo tiene?

–Sí, Copito. Un segundo, oficial, acompáñeme –dijo el hombre guiando a Carrucci a la recepción.

El chico se había registrado con el nombre de Adán Doliner el 13 de julio. En aquella ocasión lo acompañaba un hombre de unos cincuenta años que pagó siete noches por adelantado. Carrucci sacó del bolsillo una foto de Doliner.

–Era él, sí –confirmó el encargado.

–¿Volvió a ver a este hombre?

–No, nunca más.

El 20 de julio, el muchacho pagó cinco noches más. Un par de días después salió por la mañana y el anciano no lo había vuelto a ver desde entonces. El 25 habían entrado a su habitación para limpiarla. Sus efectos personales estaban en una caja en el cuarto de la limpieza. Obedeciendo instrucciones del subinspector, el encargado desapareció y volvió con una caja que contenía una muda de ropa, cepillo y pasta de dientes, un pote de vaselina, un Axe Musk, un estuche de anteojos vacío, ojotas, una gorra de River, tres paquetes de Tulipán y una mochila. Al abrirla, Carrucci encontró el recibo de pago por las noches del 20 al 25 de julio y un pasaje de ómnibus a La Paz para el mismo 25 de julio.

En uno de los bolsillos de la mochila había dos fotos. En la primera se veía a una familia frente a una casa de ladrillos de adobe y techo de paja: un hombre, una mujer, dos niñas pequeñas y el albino, que entonces tendría unos diez o doce años. De fondo, la ladera de una montaña. «Salta o Catamarca», pensó Carrucci. No parecía Córdoba. Tampoco estaban al pie de los Andes, era un paisaje de precordillera. En la otra foto estaba el chico sentado en un sofá junto a Alcira Gachalá, la enana. Sonreían y tenían los ojos rojos por la luz del flash. Carrucci reparó por primera vez en el brillo de la piel de Copito, que parecía hecha de metal, una lámina de oropel.

–Dijo «Copito» recién. ¿Lo trató bastante? –preguntó Carrucci.

–No, poco. Pero se presentó así. Simpático era. Se pasaba el día en su habitación, salía muy poco. A comprar comida y poco más.

–Además del hombre con el que llegó el primer día, ¿lo vio con alguien más?

–Sí, una vez vino a visitarlo una enana con pinta de trola.

–¿Cuánto tiempo se quedó?

–No sé, no la vi irse. Se encerraron en la habitación y pusieron cumbia. Capaz que practicaban para el Circo Rodas –dijo el encargado con una sonrisa que dejó al descubierto una dentadura marrón y encías en carne viva.

—¿Alguna otra visita? ¿Llamadas?

—Visitas, no. Él esperaba una llamada. Todas las mañanas me preguntaba si lo habían llamado.

—¿Una llamada de quién? ¿Sabe?

—No, ni idea.

—¿Algo más?

—No. Bueno, tenía una mano lastimada. Llegó con la mano vendada y la tuvo así todo el tiempo.

—¿Le preguntó qué le había pasado?

—Sí. Dijo que se cortó con una gubia.

—¿Con una gubia?

—Sí. Trabajaba en un taller de carpintería, dijo.

—¿Dónde?

—No sé. No le pregunté.

—¿Qué mano era?

El hombre cerró los ojos, pensó un instante y se tocó el hombro izquierdo.

—Esta. La izquierda.

Carrucci se llevó la caja con las pertenencias del albino. Una vez en la comisaría, preguntó por los taxi boys que habían identificado al albino. De uno de ellos no había noticias. El otro había sido detenido la noche anterior.

—Se me retobó, lo tuve que traer de las orejas —le informó el cabo Bericua.

Carrucci pidió que le llevaran al muchacho.

—¿Cómo se llama? —preguntó.

—Gómez, Jonathan.

Jonathan Gómez, alias Yoni, veintitrés años, trabajaba en la zona de Constitución y tenía un prontuario de consideración que incluía varios arrestos por prostitución, hurto y exhibición obscena. Había pasado seis meses en

Devoto. Entró a la oficina arriado por Bericua y el ambiente se llenó de olor a pelo sucio. Vestía pantalones deportivos y una campera Adidas negra con los hombros nevados de caspa. Tenía un ojo en compota y el labio inferior partido al medio.

—¿Vos lo cagaste a trompadas? —le preguntó Carrucci a Bericua en voz baja.

—No, no, estaba así. Yo le di un par de coscorrones nomás.

El subinspector sacó la foto del albino y la apoyó sobre el escritorio.

—Flaco, ¿lo conocés a Copito? —disparó.

—No, loco, ya le dije a este —respondió el joven dando un cabezazo en dirección a Bericua.

—El otro día dijiste que sí lo conocías.

—No, loco, me confundí. No lo tengo, ni a ganchos —insistió.

—¿Cómo te vas a confundir? ¿Te pensás que somos giles? Miralo —ordenó Carrucci acercándole la foto.

—No, hermano, no lo tengo. Pensé que me hablaba de un rubito la otra vez, pensé que era otro —explicó bajando la cabeza.

—No conocés a ningún putito albino que labura por Constitución —repitió el subinspector.

—No, loco, te juro que no —exclamó Gómez. Parecía que estaba por echarse a llorar.

—¿Qué tenés, miedo? —preguntó Carrucci.

El joven no respondió.

—Che, mogólico, el subinspector te está hablando —intervino Bericua. Gómez lo miró con desprecio—. ¿Qué ponés esa cara, siome? ¿Te duele el orto de tanto pijazo? —lo increpó el cabo.

—No lo tengo, loco, te juro que no lo tengo a este

pibe, me equivoqué –dijo finalmente el joven mirando a Carrucci.

–¿Quién te dejó la trompa así? –dijo el subinspector.

–Me afanaron.

–¿Dónde?

–En puente Alsina.

–¿Cuándo te afanaron?

–El otro día.

–¿El otro día *cuándo*?

–El viernes, creo.

–Me llego a enterar que me mentiste, te voy a buscar yo mismo y te hago recagar, ¿entendido? Andá –dijo el subinspector.

Gómez se levantó de un salto y salió de la oficina disparado. Mientras se iba por el pasillo, Bericua le gritó:

–Saludos a Mengueche.

–Al negro este lo apretaron, mirá si se va a confundir un albino –dijo Carrucci.

–De una –asintió el cabo Bericua.

20

Pasó una semana y los prófugos seguían prófugos. La policía aseguraba que los buscaba de sol a sol, en la capital y en provincia. La fiscal había perdido interés en el caso. Aníbal Doliner ya había desaparecido de los medios, que ahora estaban engolosinados con un doble homicidio en un barrio cerrado. Adentro de una caja de lata, en el fondo de un armario en lo de Sebastián Paniagua, las cenizas del profesor esperaban que llegase el verano para ser esparcidas sobre la playa de Monte Hermoso. El primo ya había iniciado los trámites de la sucesión.

El viernes, Solari llamó a Silvia Rey y la invitó al cine. Ella dijo que no. Aquel encuentro había sido un incidente aislado, dos barcos que se cruzan en la noche del deseo, ¿para qué complicar las cosas? Tampoco llamó al hijo de Solari. Se olvidó o decidió que no era necesario determinar los detalles del proyecto de Doliner. Ahora estaba convencida de que el crimen no estaba relacionado con cuestiones de genética, ni de biología molecular, ni con vetustas cosmovisiones y taxonomías perdidas en los anales de la historia natural. El profesor había intentado rescatar a Copito del submundo de la prostitución y lo habían matado para impedirlo, según Silvia Rey.

Por su parte, el subinspector Carrucci se vio desbordado por otros asuntos. El homicidio en ocasión de robo de un kiosquero en Santa Fe y Julián Álvarez atrajo un caudal abrumador de atención mediática y puso a su comisaría en el ojo de la tormenta. El drama de la inseguridad. La histeria de los vecinos. La vida no vale nada. Te matan por cinco pesos. Esas cosas. El subinspector recibía las llamadas de Silvia Rey con creciente hastío. Decir que no estaban buscando al albino y a Gachalá sería impreciso. Las comisarías de toda la ciudad estaban anoticiadas y Carrucci pedía novedades acá y allá. Pero la secretaria de la Fiscalía tenía razón cuando decía que, a ese ritmo y con esa inversión de esfuerzo, no los iban a encontrar jamás. Carrucci la tranquilizaba. Iban a aparecer, le aseguraba condescendiente. Ese pálpito oscuro que tenía respecto de esta historia, y que no compartía con nadie, seguía ahí, firme y sordo en su consciencia. A veces, mientras recorría la ciudad en auto desde Villa Devoto, donde vivía, hasta la comisaría en Palermo, consumidos sus pensamientos por las obligaciones de la jornada, tenía visiones fugaces de Copito. Un destello entre la gente, una sombra blanca en un mar de figuras grises, negras y marrones, los colores primarios en la paleta cromática del vestuario del porteño. En una ocasión se convenció de haberlo visto. Fue un chispazo dorado en el rabillo del ojo, una forma que salía de la boca del subte en Santa Fe y Pueyrredón. Frenó, estacionó en doble fila y salió del auto, pero no vio nada.

Silvia Rey también buscaba a Copito entre la gente mientras se movía por la ciudad. Con las fotos y los testimonios de testigos se había hecho una imagen vívida del joven. La policía había hablado con comerciantes de la zona de Constitución que lo conocían de vista. ¿Cómo olvidarlo? Era flaco y fibroso. Usaba anteojos culo de botella y ropa deportiva cara. Aquellos que habían interactuado alguna vez con él lo recordaban sonriente, aniñado, inofensivo. Había algo magnético en él, dijo un diariero, quizá fuese su acento provinciano, la cadencia cansina del Noroeste. Era hermoso, uno no podía dejar de mirarlo, acotó una cartonera. Parecía mujer, no varón, añadió el mozo de un bar. Silvia Rey, entonces, buscaba un cuerpo resplandeciente, una mancha fulgurante en el tejido opaco de la ciudad. El prófugo más conspicuo del mundo.

Pasó una semana, decíamos, y esa tarde de agosto tardío Silvia Rey accedió a un encuentro con el subinspector Carrucci en La Niña de Oro. Lo había llamado para discutir la falta de progreso en el caso y el subinspector exigió un encuentro en persona.

—Si me vas a taladrar, al menos que sea cara a cara. Si te tengo enfrente, me vuelvo a entusiasmar con el albino —dijo.

—No tenés vergüenza, Carrucci.

—Vos le harías perder la vergüenza a un monje trapense.

—Y vos mucho bla bla. Perro que ladra...

—Perro que ladra todavía está crudo, dice un viejo proverbio chino.

Era la típica movida de Carrucci. Flirteaba e inmediatamente después hacía una broma o cambiaba de tema. La secretaria no terminaba de entender la estrategia. «Es un histérico», pensaba mientras lo esperaba en el bar. Carrucci llegó de traje gris y con retraso. «Hay un tercer atuendo», pensó Silvia Rey al verlo. Ella tomaba té de manzanilla. Él pidió un vermut. En la barra estaba el hombre que Carrucci había señalado la otra vez como ejemplo del típico habitué cocainómano. Silvia Rey lo había estado mirando mientras esperaba.

—Mirá, ahí lo tenés. Más duro que..., ¿cómo era?

Carrucci se dio vuelta sin disimulo y observó al sujeto que movía la pierna como un poseso y jugaba a desencajarse la mandíbula.

—Más duro que pantalón de albañil.

Silvia Rey soltó una risotada.

—Qué elegante está hoy, doctora —dijo Carrucci.

—Ahora me tratás de usted.

Carrucci sonrió frunciendo el ceño y con los ojos cerrados, una especie de risa sin sonido.

Pasaron al tema Doliner.

—Estamos hablando de un tipo que recoge palomas muertas de la calle y las achura en la cocina. Que se obsesiona con el húngaro este ¡y se va a Hungría! Lo amenaza, lo difama, lo acosa. Después se vuelve loco con un albino, le saca fotos en pelotas, lo quiere mandar a Ecuador. Un enfermo mental, Silvia. Se le debe haber escapado alguna vez que tenía una torta de guita escondida en la casa. No tengo dudas de que lo mató el pibe. Ayudado por alguien, tal vez. Lo torturaron para que dijese dónde tenía el canuto. Doliner no desembuchó. Se hartaron y uno le pegó un tiro. El pibe estuvo unos días más en el hotel y se mandó a mudar. Se volvió a su provincia. Catamarca, Salta, Tucumán, quizá. O salió del país —dijo el subinspector.

La teoría de Carrucci no convencía a Silvia Rey. Había algo en la figura espectral del albino tal y como se la figuraba ella, algo inexplicablemente luminoso, que hacía que la idea de que fuese un asesino le resultase inaceptable. Pero eso no era todo.

—Por más loco que estuviese Doliner, estaba ayudando al chico. Lo estaba protegiendo de alguien o de sí mismo, de una vida marginal que iba a terminar mal y pronto. Me parece inconcebible que el chico lo haya matado –resumió.

–Silvia –dijo Carrucci–, el homicidio siempre es inconcebible. ¿Por qué alguien mata a alguien? ¿Porque le quería robar y el otro se resistió? ¿Porque le pagaron para que lo matase? ¿Porque la acababa de violar y quería deshacerse de ella? Todo esto explica el contexto de un homicidio, pero no el acto en sí. Del robo al asesinato hay un salto mortal que desafía todo intento de explicación. Una persona mata a otra porque puede. Porque tiene un arma y la usa.

–Pero ¿qué decís, Carrucci? ¡El móvil, el móvil! Es fundamental entender por qué corno pasa lo que pasa. Cuando entendés el sentido del crimen, encontrás al culpable.

–Ustedes tienen el berretín del móvil. Y lo entiendo. Les sirve para armar la historia y que la elevación a juicio quede prolija. Pero a nosotros nos da igual el porqué; nos importa la evidencia material. ¿Encontrarle *sentido* al homicidio? El homicidio no tiene sentido. Ningún asesino es racional. Una persona racional no asesina. Eso solo pasa en las películas: el villano frío y calculador, el genio del mal. En el mundo real, la cosa es muy distinta. Y vos lo sabés muy bien. El asesinato premeditado es estadísticamente muy raro; por eso tiene tanta prensa. En general, es Fulanito, que va a lo de Menganito, puede ser su amigo, su amante, su socio, su cliente, lo va a visitar y, de pronto, un cruce de palabras jodido, una actitud mala leche, hay un eclipse de luna, saltan los tapones, qué sé yo; algo enciende la chispa y zácate, lo mata. No fue a matarlo. Ni se le cruzó por la cabeza la idea cuando se levantó esa mañana. Pero lo mató. O el pibe que sale a robar, la víctima se le retoba y se come un tiro o un puntazo. Y la clásica, el marido y la mujer que se agarran por enésima vez y el tipo la acogota, como de costumbre, pero esta vez no suelta, esta vez sigue haciendo presión. Y la mata. Por nada. Porque puede, porque tiene más fuerza que ella. Así es el noventa y nueve coma nueve por ciento de los homicidios, Silvia. El albino quería plata, no planeaba matarlo. Doliner no le dijo dónde la tenía escondida, la cosa se puso jodida, golpes, amenazas, andá a saber qué se dijeron; en un momento, el pibe se reviró, sacó el arma y a otra cosa mariposa.

–No me cierra.

–¿A vos cómo te gustaría que haya sido? Contame –dijo Carrucci sin mirarla mientras buscaba la atención del mozo para pedirle la cuenta.

Esa noche, Silvia Rey abrió la ventana de su habitación para dejar entrar un aire fresco que trajo augurios de primavera y que ventiló los ambientes y la dejó cargada de una vaga ansiedad. Frente a sus ojos se extendía la Chacarita, inmóvil y oscura como una araña al acecho.

Metida en la cama al calor de la cobija terminó la novela de P. D. James. Una frase le quedó dando vueltas en la cabeza como bala calibre 22.

«El mayor horror del homicidio es que degrada la memoria del muerto.»

«Es difícil compadecerse de algo degradado», pensó. Quizá fuese por eso que no sentía compasión por Doliner. Se le figuró la imagen del cadáver del profesor, informe y de un color insólito, completamente inhumano. El albino, en cambio, sí le daba pena. Una pena terrible. La soledad de su condición. La crueldad de la calle, su profesión atroz, el hábito de la desesperanza.

Apagó la luz.

Un rato después, en el umbral entre el sueño y la vigilia, sintió que caía en un abismo y falta de aire abrió los ojos alarmada. «El momento de la muerte debe ser así, exactamente así», pensó. Este pensamiento la llevó a otro y aquel, a un tercero; y fue en este o en el siguiente donde encontró la puerta indicada y entró en un sueño profundo que la transportó con delicadeza y sin sobresaltos hasta la orilla de la mañana siguiente.

21

–Apareció Gachalá.

–Traemelá.

Este intercambio entre Carrucci y Silvia Rey se dio tres días más tarde. Alcira Gachalá (alias Esmeralda) había sido arrestada por prostitución en Mar del Plata. Es bien sabido en el mundo del hampa que lo más importante para un prófugo es cambiar radicalmente de entorno. Los disfraces no sirven para nada. Quien se queda donde está, aun si trata de cambiar su apariencia y se pone peluca, anteojos de sol, bigote postizo, termina a la sombra más temprano que tarde.

Gachalá huyó a Mar del Plata, alquiló una habitación en una pensión cerca de Playa Chica, y cuando se le estaban acabando los pocos ahorros que tenía, salió a buscar trabajo. No tuvo suerte. No es que no hubiese trabajo. Algo había. Pero no para ella. Vio un anuncio en la vidriera de una panadería y cuando entró a preguntar le dijeron que ya estaba tomado. Le pasó lo mismo en una juguetería y en un bar. Estaba acostumbrada. No se ofendía. «Es lo que hay», respondía con estoicismo. «Es lo que *no* hay», la corrigió el gerente del bar que la acababa de rechazar, y le invitó un café con leche y un tostado de jamón y queso.

Cuando se quedó sin dinero, no tuvo más remedio que volver a su viejo oficio. Craso error, pero ¿qué otra cosa podía hacer? Se maquilló, se emperifolló y salió a explorar la noche. Le dijeron que la movida estaba en la calle Almafuerte, frente al cementerio. No le fue nada mal. Su anatomía excepcional suscitaba curiosidad y atraía clientes como atrae moscas una feta de pan con mermelada. Acaso algunos imaginasen que era una niña y satisficiesen así fantasías de pederastia. Tal vez a otros las mujeres de talla estándar los intimidasen y disfrutasen del poder de manipular un cuerpo femenino pequeño, inofensivo. Y seguramente estuviesen aquellos a quienes simplemente los excitaba ese cuerpo parvo y compacto, con sus piernecitas rollizas y sus manos minúsculas, sus labios carnosos pintados de violeta, su tez oscura, su mirada aindiada, su pelo lacio negro, siempre terso y reluciente como el plumaje de un cuervo.

Lo cierto es que tuvo un gran debut. Había dos problemas. La chica nueva tiene que pagar derecho de piso. A la tercera noche de trabajo, un cafishio apodado Gato le ofreció protección. «Le ofreció» es un eufemismo. Ella lo rechazó sabiendo que se metía en problemas y que probablemente tuviese que cambiar de zona. Aun así, persistió. A la cuarta noche, dos mujeres la agredieron. «¿Qué hacés acá? ¿Te escapaste del circo?», le dijo una agarrándola de los pelos y revoleándola. Esmeralda cayó al piso. «Desaparecé, enana de mierda», amenazó la otra, y le dio una patada en la espalda. No era su primera paliza y Esmeralda era un hueso duro de roer. Volvió una quinta noche y fue entonces cuando la detuvo la policía, sin duda alertada por el proxeneta o por alguna de las putas.

El segundo problema era que la policía de Mar del Plata había recibido notificación de que en la capital se buscaba a una prostituta enana. La suerte de Esmeralda estaba echada. Dos días más tarde, dormitando esposada en un patrullero, la joven recorrió la Ruta 2 a ciento veinte kilómetros por hora rumbo a Buenos Aires.

Carrucci la recibió en la comisaría, la hizo subir a su auto y la llevó a la fiscalía. Lo acompañaba el cabo Bericua. De camino a Tribunales, el subinspector no dejó de mirar por el espejo retrovisor, fascinado por la fisonomía de Esmeralda. Ella no le hizo caso. Estaba acostumbrada. Las miradas constantes, impúdicas. Las de los niños no le molestaban tanto; las de los adultos, sí. «¿Querés sacar una foto? Te va a durar más», era su respuesta de rigor. Pero no se lo dijo a Carrucci. Estaba exhausta, triste, harta. Intentó mantener los ojos cerrados durante todo el viaje. Cuando frenaron en el semáforo de Libertador y Austria, los abrió un segundo y vio a tres chicos en una complicada coreografía. Bailaban en círculos y hacían malabares con mandarinas.

—¡Faaa, impresionante! —exclamó Bericua.

Esmeralda los miraba embelesada y se le escapó una sonrisa. Carrucci la observaba a través del espejito.

Una vez en el despacho de la fiscal, Carrucci le quitó las esposas, le indicó dónde sentarse y se despidió. Bericua se quedó esperando afuera. Dependiendo de lo que dispusiese la fiscal una vez terminada la entrevista, llevaría a Gachalá de vuelta a la comisaría o la dejaría en libertad.

—¿Querés té o café? ¿Un mate cocido? —le ofreció Ana María.

—Tengo hambre. No como desde ayer —dijo Esmeralda.

Silvia Rey fue a la cocina y trajo dos sándwiches de miga que habían sobrado del día anterior. Esmeralda comió y cuando terminó pidió agua. Del otro lado de la puerta se

142

escuchaba a Martín y a Klibansky, que charlaban animadamente con Bericua. Silvia Rey asomó la cabeza y les pidió que bajaran la voz. De vuelta en el despacho, Esmeralda, cabizbaja, se miraba las rodillas. Sus piernas colgaban de la silla y las movía haciendo chocar los tacos de sus zapatitos de charol.

—¿Por qué no viniste cuando te cité? ¿Por qué te escapaste a Mar del Plata? —empezó Ana María.

—No me escapé. Me fui de vacaciones. ¿No nos podemos tomar vacaciones las putas? —repuso Esmeralda.

—Tenías una cédula para comparecer en esta fiscalía —dijo Silvia Rey.

—No sabía. No me mandaron nada.

—Te vi en la Chacarita. ¿De dónde lo conocías a Aníbal Doliner? —disparó la secretaria.

—¿A quién?

—¿Qué hacías en la capilla de la Chacarita ese día?

—No me acuerdo. Capaz que andaba por ahí y hacía frío y me metí.

—¿Conocés a un chico al que le dicen Copito o Adán?

—No.

—Un chico albino.

—No.

—O sea que nunca lo fuiste a visitar a un hotel de la calle Piedras —dijo Silvia Rey.

Esmeralda no respondió.

Silvia Rey sacó la foto que habían encontrado en la mochila del albino y se la alcanzó. Esmeralda y el albino en un sofá, abrazados.

—¿Esa sos vos? —señaló la fiscal.

Esmeralda observaba la foto con seriedad. De pronto, se le deformó la cara y empezó a llorar. Era un llanto expansivo y estridente. Sollozaba, moqueaba, agachó la ca-

143

beza y lloró con más estruendo. Ana María le pasó una caja de Carilina.

—Contame de Copito, Esmeralda. Así le dicen, ¿no? Copito. ¿Por qué le dicen así? —retomó la fiscal.

—Porque es como un copito de nieve, todo blanquito.

Esmeralda se sonó la nariz. Tomó un trago de agua. Sacó otra Carilina, se secó los ojos con cuidado, la hizo un bollo y la guardó en el bolsillo de la campera. Por fin levantó la vista y se acomodó en la silla.

22

—Lo conozco desde que nació —empezó Esmeralda.

Adán Fernández, Copito, era diez años menor y había nacido, como ella, en Licópolis, provincia de La Rioja, al pie de los Nevados del Famatina. Un pueblo de trescientos habitantes es como una familia, explicó la chica. Esto es bueno y es malo. La intimidad puede ser opresiva y no hay lugar para la vida privada. Uno pensaría que la inmensidad del paisaje —imaginó Silvia Rey—, ese cielo infinito, las noches bajo la Vía Láctea, las enormes distancias, que se miden en balidos de cabra..., uno pensaría que toda esta vastedad garantiza un espacio personal. Según lo que describía la muchacha, no es así. La vastedad reduce el espacio vital. Los otros —los vecinos, la familia— son una barrera que circunda al individuo aislándolo irrevocablemente del mundo exterior. Los otros son ubicuos. Están en el baño y en la cama, en la mesa y en el patio. «Un hacinamiento inexorable, qué pesadilla», pensó Silvia Rey.

Los padres de Esmeralda nunca le perdonaron haber nacido con acondroplasia. Según le contaría una tía años después, al principio su madre asumió la responsabilidad de haber parido un fenómeno. El monstruo era la encar-

145

nación de su vida pecaminosa. También su marido le achacó el infortunio. La acusó de adulterio. Esa criatura deforme no podía ser hija suya. Con el correr del tiempo, en un pacto tácito y despiadado, marido y mujer decidieron que Esmeralda —Alcira, por ese entonces— era un error de la naturaleza, no una punición divina. Un accidente excepcional. Un prodigio. Eso que los incas llamaban «huaca».

Para fortuna de la niña, sus tíos la querían bien. Ya de muy pequeña empezó a quedarse a dormir en la casa de ellos y a los cinco años, cuando nació su hermano, la adoptaron definitivamente. Casi no volvió a hablar con sus padres, y cuando cumplió dieciséis, un día helado de mediados de julio, con un morral al hombro y unos pesos que le había dado su tía en el bolsillo, caminó hasta Nonogasta por la banquina de la Ruta 40. Le llevó casi un día entero. En la Cuesta de Miranda casi la atropella una moto. Al pasar por Sañogasta, un grupo de chicos la levantó y la llevó en andas un buen trecho mientras ella pedía que la bajasen y ellos cantaban coplas infamantes.

En la estación de servicio de Nonogasta, un camionero le ofreció llevarla hasta La Rioja. Esmeralda aceptó y el hombre la alzó y la subió al camión. Iban charlando de cualquier tontería cuando, al llegar a Los Colorados, el hombre tomó un desvío, estacionó junto a un arroyo y le exigió un favor sexual en calidad de pago. Ella tenía ya cierta experiencia. Había hecho cosas con varones de su pueblo, de noche en los callejones que separan las fincas o a la hora de la siesta, a la sombra de los cardones. Acostumbrada al vejamen y a la burla, la transacción carnal no le resultaba particularmente agraviante. Era simple, mecánica y previsible. Y si ella se esmeraba apenas, duraba poco. Los hombres eran bestias elementales, era tan fácil satisfa-

146

cerlos. Rápidamente comprendió que podía sacar provecho de su cuerpo.

En La Rioja fue a ver a una prima segunda, que la hospedó durante un tiempo, le dio dinero y la llenó de consejos para sobrevivir en Buenos Aires. El más importante: los porteños son la peor plaga que haya jamás afligido a la humanidad, nunca jamás confíes en ellos. El día de su partida, la prima le preparó una vianda y le regaló una medalla de san Cristóbal, protector de los viajeros. Esmeralda subió al micro ansiosa y atribulada, pero no tardó en caer en un sueño pesado que la absorbió por completo hasta que entraron en la gran ciudad. Mientras dormía, a través de la ventanilla pasaron volando el lago Salinas Grandes y las sierras, Jesús María y Cañada de Gómez, el Gran Rosario, la Pampa fértil, los muelles de Campana y, finalmente, Escobar, la horrenda puerta de entrada a la ciudad de Buenos Aires.

Adán nació cuando ella tenía diez años. En Licópolis había un número inusual de albinos, explicó Esmeralda. El pueblo era famoso en el mundo a causa de esto, como averiguaría más tarde Silvia Rey. Prácticamente todos los licopolitanos tenían al menos un pariente con albinismo. El abuelo paterno de Adán era albino. Del lado materno, lo eran su bisabuela y su tía. Esmeralda tenía dos primos con esa condición. En síntesis, el pueblo era uno de los pocos rincones del planeta (Fiyi era otro) donde la falta de pigmentación en la piel no era una rareza. En ese contexto, su condición de enana hacía de ella un espécimen mil veces más raro.

Esmeralda recordaba la primera vez que había visto a Adán. Fue en ocasión de su bautismo. Recordaba su brillo lácteo, sus partes pudendas moteadas de rosa, su pecho dorado, sus ojitos estreñidos. Sintió una atracción poderosa por la criatura. Empezó a ir a visitarlo. La madre, pocos años mayor que ella, vio con qué suavidad y ternura trataba Esmeralda al bebé y no tardó en confiárselo. Pasaron los años y el vínculo entre ambos se estrechó. Eran como el olmo y la vid, o como dos materiales que se han compenetrado y ahora son una sola y misma sustancia. Él, un lingote de oro. Ella, un leño de madera de nogal. Cuando aprendió a hablar, él la bautizó Umi. Ella siempre lo llamó Copito.

—Era varoncito, tenía pitito y huevos, pero ya desde muy chico estaba claro que era una nena —dijo Esmeralda.

Silvia Rey le pidió que se explayase.

Su gentileza, su suavidad, su mansedumbre, explicó Esmeralda. Pero también las cosas que le gustaba hacer. Ponerse vestidos de ella, que ya a los cinco años le quedaban bien, aunque un poco holgados. O maquillarse los ojos. Le pedía que le pasara rímel para resaltarle las pestañas canas y se miraba al espejo como quien mira una lupa. Era ciego como un topo, el pobre. En verano iban a la Quebrada de las Brujas. Esmeralda llevaba siempre una bolsita de harina de trigo tostado por si se encontraban con Yastay, el señor de los guanacos. Si se les cruzaba una mara, ella se la indicaba y Copito hacía catalejo con las manos para verla. Recién a los ocho años tuvo su primer par de anteojos gracias un programa de la gobernación.

—Para entonces yo ya estaba en Buenos Aires —aclaró Esmeralda.

—¿Cuándo lo volviste a ver? —preguntó Silvia Rey.

—La primera vez que fui de visita a Licópolis.

Copito había cumplido once años y no veía la hora de irse. Su madre, Elsa, lo había descubierto en el gallinero con el hijo del vecino, unos años más chico que él. Tenían los pantalones bajos y practicaban esgrima con sus miembros lampiños y erectos. Cuando se enteró, el padre le dio una paliza brutal. Según Esmeralda, Elsa siempre había sabido que su hijo era «mujer por adentro». En ocasiones incluso bromeaba, se refería a él como «la niña de mis ojos». Pero verlo con otro varón la horrorizó. Le dejó de hablar. Esto le rompió el corazón a Copito. El chico tenía adoración por su mamá. Hasta entonces habían sido inseparables.

La noticia corrió como reguero de pólvora en el pueblo y Copito pasó a ser «Coputo». En la escuela, los otros chicos lo mortificaban. Lo insultaban y le tiraban nueces. Una vez le dieron en un ojo y le causaron lesiones en la córnea. Esmeralda le prometió que cuando cumpliese dieciséis se lo llevaría a vivir con ella a la capital. Pero Copito no iba a esperar tanto.

Cuando ella regresó a Buenos Aires de aquel viaje, el chico empezó a escribirle cartas. Al principio era una cada dos o tres meses. Y después cada vez con más regularidad. Llegó a mandarle dos cartas por semana, en las que se quejaba de Licópolis, relataba sus penurias, maldecía a sus padres y expresaba el deseo imperioso de huir. Una mañana, Esmeralda volvió de trabajar y se lo encontró sentado en la puerta del conventillo abrazado a una mochila. Estaba profundamente dormido. Tenía trece años.

23

Esmeralda tomó agua, se quitó la campera y la colgó en el respaldo de la silla. Hacía calor. Ana María se crujió los dedos de ambas manos y cebó un mate.

–Contame de Aníbal Doliner. ¿Cuándo se conocieron? –preguntó Silvia Rey.

Esmeralda evadió la pregunta y retomó el relato.

Durante casi un año, Copito vivió con ella en su habitación en el conventillo. Esmeralda trabajaba de noche y dormía de día, de modo que ni siquiera tenían que compartir la cama. Copito quería buscar trabajo. En Licópolis había sido aprendiz de un carpintero. Conocía los rudimentos del oficio y a pesar de su mala vista se daba maña para lijar, sabía usar la pulidora y hasta tenía algo de experiencia en la instalación de gabinetes, molduras y rodapiés. Se propuso salir a tocar puertas de talleres. Sus anteojos estaban en muy mal estado, sin embargo. Uno de los lentes estaba quebrado y una de las patillas se había roto y resistía a duras penas pegada con cinta adhesiva. Esmeralda lo llevó al Hospital Santa Lucía, donde lo revisaron y le hicieron una receta para un par de lentes nuevas. Con la montura negra de unas gafas de sol que Esmeralda ya no usaba, Copito se hizo hacer unos anteojos espléndidos.

Salía todas las mañanas a buscar empleo. El caos de la ciudad no lo amedrentaba, todo lo contrario. Acostumbrado a no ser una anomalía en Licópolis, las miradas constantes de la gente no lo importunaban. Atraer ese tipo de atención era novedoso, excitante incluso. Se sintió importante. Caminaba por la ciudad sin rumbo, cada día en una dirección distinta. Estaba en su salsa.

No pasó mucho tiempo antes de que un carpintero lo tomase como dependiente. Ocho horas por día. La paga era irrisoria, pero incluía viáticos y le daban de comer. El taller quedaba en Caballito, en la calle Yerbal. Copito iba y venía en colectivo. Por las noches comían juntos en la habitación antes de que Esmeralda saliese. Cuando volvía, con las primeras luces del día, compartían la cama hasta que Copito se levantaba para ir al taller. Él era tan flaco y ella tan menuda que daba igual que fuese de una plaza.

Llevaron una vida tranquila durante varios meses. Un día se les apareció en la puerta Elsa, la madre de Copito. Lloraba. Se arrodilló frente a su hijo y le pidió disculpas por haberlo abandonado, por no haberlo protegido de las palizas de su padre y de los abusos de los otros chicos. Copito, que se había ido sin despedirse y que jamás le había mandado una carta, la perdonó de inmediato. Se abrazaron, lloraron. Elsa se quedó con ellos una semana y durmió en el piso, embutida en una bolsa de dormir sobre un colchón de diarios viejos y de abrigos. A pesar del frío, para el cumpleaños de Copito hicieron un picnic en Palermo. Tomaron cerveza y comieron pebetes con manteca y salame, maníes, papas fritas. Elsa tenía una cámara descartable y le pidieron a alguien que les tomara una foto. Sentados a orillas del lago, repasaron algunas de sus historias favoritas. Por ejemplo, cuando Copito, usando una faja de su padre, se ató a la panza de una de las cabras de don Eusebio y salió al monte con el rebaño. El viejo, que ya estaba casi ciego, nunca se dio cuenta. O cuando Elsa llevó a Alcira y a Copito al circo en Nonogasta y a la salida el dueño se le acercó y le propuso comprar a los dos chicos. Elsa lo insultó y lo amenazó con llamar a la policía. Los chicos reían.

La despedida fue triste. Elsa había hecho enmarcar dos copias de la foto que se habían sacado en Palermo. Una para ella, la otra para su hijo. En la estación lloraron los tres. Elsa le encomendó a Esmeralda que cuidase de Copito como si fuera hijo suyo. Antes de subir al micro, bendijo al chico marcando una cruz sobre su frente con el dedo gordo.

Una mañana, Esmeralda llegó de trabajar y encontró la cama vacía. Supuso que Copito había salido a trabajar más temprano. No hacía una hora que dormía cuando oyó la puerta. Era el chico, que volvía de farra con una borrachera colosal. Así empezaron los problemas. A Copito se le dio por frecuentar el Ruby Sunrise, un boliche gay frente a la plaza Garay. Al principio era cosa de dos o tres noches por semana. Muy pronto se volvió una rutina diaria. No tardaron en aparecer las malas compañías. En poco tiempo, el muchacho había dejado de ir al taller. Se pasaba el día durmiendo y las noches callejeando o en el boliche. A veces aparecía en el conventillo pasado de cocaína y daba vueltas en la cama como un trompo. Esmeralda notó que empezó a tener dinero propio. Sumas im-

portantes. Le preguntó si vendía droga. Copito juró que
no. La chica comprendió que su niño adorado había seguido sus pasos.

—Le pedí que no lo haga. Le dije que era peligroso.
¡Tenía trece añitos nomás! Y era medio ciego. Nos pelea-
mos muy feo. Le pegué, me pateó. Él agarró y se mudó, se
fue a vivir con un amigo, un gordito chorro, ladrón de pa-
sacasetes, un transa, Turbina le dicen. Lo dejé de ver por
un tiempo. Un día me lo crucé por la calle y estaba dado
vuelta. Lo saludé y por poco no me reconoce. Le compré
un pancho y una coca y nos fuimos a sentar a la plaza. Estaba tan cansado... Me lo llevé al conventillo y durmió
como dos días seguidos. Se terminó quedando una semana conmigo. Me contó que ganaba mucha guita. Tenía
clientes estables, que es lo mejor. No solo en lo económi-
co, sino por el tema seguridad. Me habló de uno en particular, un pez gordo, que estaba como loco con él. Lo veía
dos, tres veces por semana. Iban a una quinta. El tipo le
hacía regalitos. Cosas caras. Lo cuidaba. Estaba enamora-
do el flaco. Y Copito medio que también.

Silvia Rey pidió precisiones. ¿Cuándo? ¿Quién? ¿Cómo?
¿Durante cuánto tiempo? Etcétera. Esmeralda calculó que
su reencuentro con Copito había sido a fines del 97, pero
no estaba segura. No sabía el nombre de esta persona. Copito lo llamaba «el jefe». Alguna que otra vez ella le había
hecho preguntas, pero Copito se negó a entrar en detalles.
«Mejor que no sepas», le dijo. Esto a Esmeralda la inquie-
taba. De vez en cuando lo mencionaba. Le mostraba los
regalos que le hacía; un par de zapatillas fosforescentes,
gorras, remeras, un reloj. Una vez le contó que el jefe lo
había llevado a una fiesta con otros chicos en una casa con
pileta. Otra, que el jefe le había dicho que era la «criatura
más hermosa del mundo». En más de una ocasión, Copito

se jactó de tener carta blanca para hacer lo que quisiese en Buenos Aires gracias a su relación con el jefe. «A mí no me toca nadie, Umi, yo soy del jefe.» Ella siempre había supuesto que el jefe era un político.

A la larga, Copito dejó de mencionarlo. Un día, Esmeralda le preguntó si lo seguía viendo y Copito respondió con evasivas. Ella dedujo que la relación había terminado mal. O que los habían descubierto in fraganti. O quizá el chico hubiese decidido dejar de hablar del jefe para no comprometerse él y no comprometer a su amiga. Sea como fuere, Copito no volvió a mencionarlo. Hasta junio de ese año.

Esmeralda pidió hacer una pausa para ir al baño. Ana María accedió y le indicó a Silvia Rey que la acompañase. Bericua dormitaba sentado en un sofá. Esmeralda atravesó el corredor a paso ligero y entró al baño. Mientras la esperaba, Silvia Rey calentó agua para el mate en la pava eléctrica. Volvieron al despacho y la fiscal acometió sin preámbulos.

—Entonces, ¿qué pasó en junio?

—Te cuento del profe ahora.

—¿Doliner? ¿Cuándo fue la primera vez que Copito te habló de él?

—Hace bastante. No sé.

—¿Un año? ¿Más? ¿Menos?

—Más. Verano del 98. Por ahí.

—¿Y qué te dijo?

—Mucho. De Doliner hablaba sin problema. Y lo conocí. Varias veces lo vi.

—Bueno, empecemos desde el principio —ordenó Ana María.

154

24

Aníbal Doliner, como buen hombre de ciencias, creía fervientemente en las casualidades y solía burlarse de quienes, ya sea por persuasión religiosa o inclinación espiritual, lo explican todo apelando a la causalidad –los designios de Dios, el plan maestro del universo, etcétera–. Para Doliner no había duda de que el mundo es una tormenta de átomos que se congregan y se disgregan de acuerdo con la ley del más reverendo azar. Los seres vivos evolucionan o se extinguen atendiendo también a circunstancias aleatorias; sutiles mutaciones anatómicas, cambios climáticos, transformaciones en el bioma y demás vicisitudes. En consecuencia, el profesor entendía que el objetivo de la ciencia experimental es el estudio sistemático de estos azares. Y sin embargo la primera vez que vio a Copito a través de la ventanilla del colectivo una tarde agobiante de febrero, la sorpresa fue tal que se encontró a sí mismo considerando, con algo de vértigo y una pizca de horror, la posibilidad de que el universo tuviese un propósito, de que hubiese un diseño inteligente que subyace al devenir de todas las cosas y que lo guía siempre hacia delante, hacia el progreso.

Sucede que el profesor de biología estaba embarcado

desde hacía unos años en un proyecto de investigación. Quería demostrar una antigua teoría de Linneo según la cual los albinos son sobrevivientes de una subespecie de *Homo sapiens*; un pseudohombre crepuscular que vivía en las cavernas y estaba dotado de visión nocturna. Sucede también que había llegado a la conclusión de que la única manera de poner a prueba sus ideas era experimentando con un espécimen vivo. Un albino de carne y hueso.

Esto suponía dificultades. Doliner no conocía personalmente a nadie con albinismo. Averiguó entre sus contactos en el hospital, pero no hubo suerte. Publicó un aviso en el periódico haciéndose pasar por agente artístico en busca de actores albinos, hombres o mujeres, de cualquier edad. Lo contactó una sola persona y el día del encuentro Doliner abrió la puerta de su departamento para recibir a un individuo que se había maquillado estilo mimo y se había puesto una peluca blanca de bastante mala calidad. Como último recurso, empezó a deambular por la ciudad en sus horas libres. Un día finalmente encontró lo que buscaba. Era una mujer de unos cincuenta años que hacía las compras en una verdulería. Estaba sola. La esperó y cuando la vio salir se le acercó y le pidió cinco minutos de su amable atención. La mujer lo ignoró. Doliner insistió, se presentó como investigador del Conicet. Estaba estudiando el mapa genético de las personas con albinismo oculocutáneo. ¿Ella estaría dispuesta a prestarse para una serie de estudios clínicos? Análisis de sangre y de orina, muestras de cabello, acaso un estudio de visión. Estaba en condiciones de pagarle una suma generosa, dijo el profesor. La mujer lo amenazó con llamar a la policía. «Salí de acá, atorrante», gritó. Doliner se alejó a paso ligero.

En otra ocasión se cruzó con un niño albino que caminaba con sus padres por la avenida Santa Fe, pero no tuvo agallas para acercarse. Pasaron los meses y el profesor llegó a la conclusión de que sería imposible estudiar un espécimen vivo. Su proyecto estaba muerto antes de nacer. Estos y otros delirios tiranizaban la mente de Doliner en esos días caniculares de 1998. Hasta que un día iba en colectivo y vio a Copito tomando cerveza con otro muchacho en la plaza Garay.

No parecía un chico de la calle. Tenía ropa limpia, usaba anteojos. Estaba claro, sí, que se trataba de un mal entretenido. Un ladronzuelo, quizá. O un dealer. Acaso, un taxi boy. Doliner comprendió que tenía enfrente la única oportunidad de rentar un cuerpo albino. Bajó del colectivo y caminó hasta la plaza. Copito y su amigo, el gordo Turbina, lo vieron acercarse con cara de circunstancias. El gordo se despidió de su amigo y se alejó. «Una de dos, vende droga o vende su cuerpo», pensó Doliner. Se inclinó por la segunda opción. Acertó. Copito puso un precio. Doliner pagó los talentos y tomaron un taxi.

Cuando llegaron a su departamento, el profesor le explicó al muchacho que su interés era de índole científica. Quería medirlo y fotografiarlo, sacarle sangre, tomar muestras de cabello y orina, hacerle un coprocultivo incluso. En principio, Copito accedió a dejarse fotografiar. Pero exigió más dinero. Doliner aceptó y así nació una relación que con el correr de los encuentros se volvería estrecha y significativa.

—Era como un hijo para él —resumió Esmeralda—. Lo cuidaba, lo protegía.

—Mencionaste hace un rato que lo conociste —recordó Silvia Rey.

—Sí, Copito me llevó a su casa una vez. Comimos y tomamos. Nos agarramos un pedo bárbaro. Doliner puso cumbia y Copito y yo bailamos hasta las cuatro de la mañana. Él nos miraba sentado en un sillón, le encantaba. Otra vez fuimos a comer una pizza. Era un tipo muy raro, hablaba poco; estaba en su mundo, ¿vio? Parecía medio opa —explicó Esmeralda.

—¿Qué te contó Copito sobre los estudios que le hacía Doliner? —preguntó la fiscal.

—Le sacaba sangre. Le hacía análisis de orina. O le arrancaba pelos y los estudiaba. De todo —ilustró Esmeralda.

—¿Qué más?

—Eso. Lo hacían en la casa de él. Copito decía que era un genio. Un científico loco. Que lo iba a hacer famoso con sus descubrimientos.

—¿Sabés si tenían relaciones sexuales? —La que preguntaba era Ana María.

—No sé. Me parece que no. Pero Copito nunca dijo nada.

—Dijiste que lo protegía, que era como un hijo para él. ¿De qué lo protegía?

Esmeralda hizo una pausa. Bebió un trago de agua. Hacía cada vez más calor en el despacho. Ana María abrió la ventana. Silvia Rey miraba fijo a la testigo.

—¿De qué lo protegía, Esmeralda? —insistió la secretaria.

—De la vida que hacía.

—¿Que hacía? ¿Por qué «que hacía»? ¿Qué le pasó a Copito?

—Que hace. No sé. Porque no lo veo hace mucho —respondió Esmeralda. Tenía los ojos rojos, las lágrimas a punto de rebalsar.

—¿Cuándo fue la última vez que lo viste?

—El 18 de julio, un domingo.

—¿Cómo estás tan segura de la fecha?

—Porque era su cumpleaños.

—¿Qué hicieron? Contame de ese día.

—Me llamó y me dijo que estaba parando en el hotel ese. Me quería ver. Fui. Estaba lastimado. No tenía los anteojos. Llevaba la mano vendada. Se sacó la venda y me mostró. Doctora, le habían cortado un dedo —dijo Esmeralda llorando.

Lo que siguió fue la crónica de aquella semana. Una noche, un hombre abordó a Copito en plaza Garay y le ofreció dinero a cambio de practicarle sexo oral. El chico tuvo un mal presentimiento y dijo que no. Más tarde, cuando volvía a la pensión donde estaba viviendo, vio al mismo hombre que bajaba de un auto. Lo habían seguido. Copito cruzó la calle. El hombre hizo lo propio. Copito se echó a correr, pero el hombre lo alcanzó y le dio un golpe en la cabeza. Copito cayó al piso, sus anteojos volaron. El tipo se le tiró encima y sacó un cuchillo. Copito gritó. Había gente, pero nadie se inmutó. Incluso cuando el hombre le cortó el dedo índice de la mano izquierda los alaridos del joven no lograron despertar reacción alguna entre los transeúntes. Con el dedo en una mano y el cuchillo en la otra, el hombre se incorporó, salió corriendo y se subió al auto, en el que lo estaba esperando otra persona. Al irse, pisó los anteojos de Copito y los hizo trizas. El chico permaneció un largo rato en posición fetal, llorando y temblando. Cuando encontró la fuerza para incorporarse, se vendó la mano con un pañuelo que usaba en el cuello, recogió lo que quedaba de sus anteojos triturados y, con gran dificultad, caminó hasta la casa de Doliner.

El profesor le limpió la herida, lo vendó y le puso el brazo en un cabestrillo. Era de madrugada ya. Copito comió algo y se quedó dormido en el sillón hasta el día siguiente. Doliner dijo que le pagaría un hotel hasta que fuese el momento de viajar a Ecuador. No podía volver a su pensión. A plaza Garay tampoco.

—Entonces vos sabías que Doliner planeaba mandarlo a Ecuador —interrumpió Silvia Rey.

—Sí. Le faltaban los papeles. Doliner le iba a conseguir un pasaporte falso, pero un día desapareció. Copito estaba muy asustado.

—Doliner ya estaba muerto —dijo Silvia Rey.

Esmeralda no respondió.

—¿Ustedes lo sabían? Que estaba muerto —preguntó la fiscal.

—No. Si Copito estaba esperando el pasaporte...

—¿Volviste a hablar con Copito después del 18?

—No.

—¿Cómo te enteraste de lo de Doliner?

—Por la tele.

—Y fuiste a la Chacarita.

—A ver si aparecía Copito.

—Y te sentaste en primera fila.

—Por respeto al muerto. Era una buena persona. Yo no tengo nada que ocultar.

—No tenés nada que ocultar, pero te escapaste a Mar del Plata.

—Me asusté.

—¿Sabés quién mató a Doliner? —preguntó Ana María.

—No, doctora. Se lo juro.

—¿Y quién le cortó el dedo a Copito?

—No sé. Él tampoco sabía. Pero sospechaba.

—¿Qué sospechaba?

160

—Que había sido el jefe.

—¿Y por qué sospechaba eso?

—Porque parece que el jefe se enteró que Copito se quería ir del país. Para amenazarlo. Para que no se vaya.

—¿Y a vos te parece que puede ser eso?

—Sí, re.

—¿Quién es el jefe? Ahora es el momento de decirlo —presionó Silvia Rey.

—No sé, le juro que no sé. Copito siempre le tuvo miedo, para mí. Por eso nunca me contó. Alguien groso.

—¿Dónde está Copito, Esmeralda? —preguntó la fiscal.

—¡No sé! —chilló, y rompió a llorar.

Ana María y Silvia Rey se miraron y dieron por concluida la entrevista.

Vieron a Esmeralda bajar de la silla con dificultad, las mejillas rojas, el maquillaje corrido. Silvia Rey abrió la puerta y le anunció a Bericua que Esmeralda no quedaría detenida. El cabo se marchó. Esmeralda esperó. No quería compartir el ascensor con Bericua. Antes de dejarla ir, le desearon suerte, le pidieron que se cuidase. La secretaria le recordó que no viajase. Era posible que tuviesen que volver a citarla. Esmeralda prometió no hacerlo y, con un intento de sonrisa, se despidió de la fiscal y de su secretaria, que la vieron irse y se llenaron ambas de una tristeza vaga pero penetrante.

25

Ana María estaba molesta. El testimonio de Gachalá complicaba las cosas. Silvia Rey pasó en limpio todo lo que sabían. Sacó una libreta y dibujó una línea temporal trazando la cronología de los hechos, desde el ataque a Copito a mediados de julio hasta la aparición del cadáver de Doliner, el 3 de agosto. Doliner y Copito habían empezado a planear la huida a Ecuador tiempo antes del ataque. La primera carta al internado en Guayaquil era de mediados de junio. Según la teoría de Esmeralda, el jefe estaba al tanto de los planes de Copito y había ordenado la mutilación como mensaje de advertencia.

—Eso si ese supuesto jefe existe. Tenemos un solo testimonio de alguien que nunca lo vio ni sabe quién es —dijo la fiscal.

—Pongámosle que existe y que mandó a mutilar al chico. ¿Fue una cuestión pasional? No creo. Copito debía tener información comprometedora sobre esta persona —conjeturó Silvia Rey.

—Pero, Silvia, estamos jugando al gallito ciego. Sin el albino no tenemos nada. Estamos siempre en la misma.

—Pero supongamos por un momento que es como

dice Gachalá. El jefe se enteró de que Copito planeaba huir del país ayudado por Doliner. ¿No te parece que puede haber estado involucrado en el crimen? Doliner lleva a Copito al hotel. El jefe se desespera porque Copito no aparece. Va o manda a alguien a apretar a Doliner. Lo torturan para que revele dónde está el chico. Doliner no canta y lo matan. ¿No tiene sentido?

–Lo que no tiene sentido es construir castillos en el aire con una bocanada de humo que nos acaba de vender una prostituta –dijo Ana María alzando la voz.

Silvia Rey, sabiendo que irritaría todavía más a la fiscal, presionó.

–Otra cosa: ¿quién es ese jefe?, ¿jefe de qué? No hay muchas opciones. Un empresario, un político, un policía, un narco, un juez, ¿un fiscal federal? Alguien que contrata sicarios, pero también alguien que opera en el mundo de la gente respetable, alguien que tiene mucho que perder, ¿no? –dijo viendo cómo la fiscal iba cambiando de color.

–Tal vez es el Gauchito Gil. O el Papa. O Papá Noel. ¡No me rompas las pelotas, Silvia! Siempre lo mismo. Sos inaguantable. Encontremos al albino de mierda ese, ¿querés?

Silvia Rey volvió a su despacho. Un detalle que la intrigaba era el del pasaporte falso de Copito. ¿Por qué no tramitarle un pasaporte auténtico? No era prófugo de la ley. ¿Era posible que el jefe hubiese tenido forma de enterarse si Copito iniciaba el trámite del pasaporte? Si era así, entonces, las opciones se reducían a tres. El jefe era un político, un policía o un juez –¿o un fiscal?–. En cuanto al paradero del chico, sin decirlo, Esmeralda había dejado entrever que lo daba por muerto. La secretaria tenía sus dudas. Era necesario allanar la pensión donde había vivido

163

hasta el ataque. Y era imperativo ponerse en contacto con la policía de La Rioja. Silvia Rey llamó a Carrucci.

La conversación fue corta y áspera. El subinspector accedió a «dar una vuelta» por la pensión. Respecto de comunicarse con la policía riojana, le pidió que se ocupase ella. Silvia Rey le resumió el testimonio de Gachalá y Carrucci lo encontró de escasa relevancia. Dudó de la veracidad del supuesto ataque a Copito. El asunto del jefe le pareció un delirio conspirativo.

—El malo de la película, claro; si es cana, mejor, ¿no? —dijo con un tono cínico que a Silvia Rey le llamó la atención—. Es muy simple, Silvia. Copito, posiblemente con la ayuda de un cómplice, asesinó a Doliner por la plata y después se escapó. Era una de las pocas personas que lo visitaban y ahora está desaparecido. Típico crimen de taxi boy —concluyó el subinspector.

Lo que evitó mencionar es que había vuelto a sentir esa corazonada oscura. Y esta vez percibió en la secretaria un dejo muy vago de sospecha.

Silvia Rey prefirió no discutir. Le pidió que fuese a la pensión y que la llamase con novedades. Había notado un cambio de actitud en Carrucci. El investigador motivado, campechano y seductor se estaba transformando gradualmente en un funcionario mezquino y receloso. Silvia Rey quería creer que se trataba de una combinación de impaciencia y tedio. Algo similar a lo que ocurría con Ana María. A Carrucci le urgía cerrar al caso lo antes posible porque, con cada día que pasaba, su seccional sumaba un incendio nuevo. La catástrofe de la semana anterior en Aeroparque había generado una onda expansiva que había repercutido en todas las comisarías de la zona. La idea de que Carrucci tuviese información relevante que evitaba compartir, la mera noción de que estuviese protegiendo a

164

alguien le resultaban del orden de lo inaceptable. No de lo inconcebible, sin embargo.

Sonó el celular. Era Solari, quería invitarla a salir. La llamada la agarró desprevenida y aceptó. Abrió la agenda para ver cómo venía su semana y acordaron encontrarse ese jueves. Cuando cortó, siguió hojeando la agenda y cayó en la cuenta de que la semana siguiente tenía el viaje a Búzios. Las vacaciones postergadas. Lo había olvidado por completo. Llamó al hotel y cambió una vez más las fechas de su estadía. Después llamó a la aerolínea y cambió el pasaje. Estos trámites le llevaron casi una hora y la dejaron exhausta. Le dolía la cintura de tanto estar sentada. Se puso de pie, se estiró e hizo una serie de rotaciones con la cadera. Fue a la cocina. Calentó agua, llenó una panera de bizcochitos y se presentó en la oficina de Ana María con la ofrenda de paz.

—Tus vacaciones, cierto. Me había olvidado. ¿Y para cuándo lo cambiaste? —preguntó la fiscal.

—Para Año Nuevo.

—Milenio nuevo —corrigió Ana María.

—Pero eso no es ahora. El milenio cambia el año que viene. No hubo año cero. Se empieza en uno —retrucó Silvia Rey.

—Dejate de jorobar. El milenio es el 2000, che. No me pinches el globo —protestó Ana María.

Silvia Rey le ofreció otro bizcocho.

—No, estoy hecha una bola. Y vos ojo que tenés que ponerte la bikini.

Ana María había echado panza en los últimos meses. Pero su complexión atlética y sus piernas flacas disimulaban los kilos de más.

—¿Pasaste Año Nuevo en Brasil alguna vez? Reveillon le dicen ellos. Todo el mundo de blanco, en la playa, la gente tira flores al mar, ofrendas para la diosa Yemanyá —dijo Silvia Rey.

—Salí de acá con esas macumbas. Me quedo con la costa argentina toda la vida —protestó la fiscal.

La conversación fue virando de tema en tema al tiempo que las dos mujeres, distendidas, veían caer la tarde. Hablaron de Martín, el auxiliar escribiente. Silvia Rey lo notaba deprimido. Ana María se preguntó si estaría teniendo nuevamente problemas en la casa. Vivía con su madre, que era depresiva y adicta a los somníferos. No era inusual que se llevase tipos a dormir a la casa. Un día se había quedado dormida mientras hacía una torta y la casa no se incendió porque Martín apareció de casualidad y apagó el horno.

Hablaron de trabajo también. Silvia Rey comentó cuánta pena le daba Esmeralda Gachalá. Sola, tan expuesta por su trabajo, tan conspicua por su discapacidad, tan desprotegida. Uno de tantos olvidados por un sistema cruel que no tiene piedad con los más débiles. Ana María mencionó que su marido tenía locura por los enanos.

—¿Lo atraen sexualmente? —preguntó Silvia Rey.

—No. Bah, no creo. Le gusta mirarlos. Si nos cruzamos con un enano por la calle, se queda embobado. Si fuera por él se traería uno a vivir a casa.

—Como los reyes de la Edad Media, que los tenían en sus cortes. Enanos y saltimbanquis. Para divertirse mirándolos. Pero es un poco insensible, ¿no?

—Él le pagaría un sueldo. ¡Aguinaldo y vacaciones! Lo trataría bien, con respeto. ¿Por qué insensible? Es ofrecerle un puesto de trabajo a una persona.

Silvia Rey supuso que estaba de acuerdo. Tenía frío y

fue a su despacho a buscar un saquito. Volvió y Ana María le pasó el mate.

—Gracias. ¿Y en qué quedó lo que me contaste el otro día? El temita aquel.

—¿Qué cosa? —preguntó Ana María frunciendo el ceño. Inmediatamente se respondió a sí misma—. Ah, el temita ese, sí —dijo, y rió.

Su marido seguía causándole repulsión, reportó. La intimidad le costaba un triunfo. La mera imagen de ese cuerpo desnudo que conocía en toda su extensión desde hacía casi veinte años le producía un rechazo indecible. Lo había hablado con la analista, que, como de costumbre, se fue por el lado de los tomates. Que si cuando era chica había visto a su padre desnudo o en calzoncillos. Que si alguna vez alguien había abusado de ella. Que si no sería en realidad *su* propio cuerpo el que le repugnaba y estaba proyectando el asco en su marido. Y otras ocurrencias por el estilo.

—Tu psicóloga olvida un pequeño detalle: el cuerpo del varón adulto es *objetivamente* repugnante. Con esos pelos, esas protuberancias, las arrugas, los colgajos. Ya medio encorvado. Por lo general, maloliente —dijo Silvia Rey.

La fiscal no estaba de acuerdo y no sabía si la otra lo decía para hacerla sentir mejor o qué. A ella le encantaba el cuerpo masculino maduro, aun hirsuto y flácido, simiesco, rancio. Lo que no le gustaba era su marido. Y mucho menos le gustaba tenerlo encima, contoneándose sobre ella y babeando sobre su cara como un orangután en celo.

—Y, bueno, es lo que te dije antes: se te fue el amor —concluyó Silvia Rey.

Ana María desestimó el comentario con una mirada de aburrimiento, sacó un bizcochito de la bolsa y se lo zampó de un bocado.

A Silvia Rey le vino a la mente la imagen de Solari. Recordó la noche que habían pasado juntos y anticipó el encuentro del jueves con un anhelo que la sorprendió. ¿Y si se terminaba enamorando de Solari? ¿Se volvería a enamorar? Si no de Solari, quizá de otro. En el futuro. ¿Era capaz? Lo dudaba.

Esa noche hizo unos fideos con tuco que le quedaron asquerosos. Comió la mitad de la porción y tiró el resto. Se durmió mirando un documental sobre Nerón, que al parecer ordenó la autopsia de su madre porque quería ver ese útero, su lugar de origen.

26

Silvia Rey desayunaba con su padre en La Niña de Oro cuando le sonó el celular. Era Klibansky. Habían llamado de la comisaría para avisar que se había presentado un vecino de Doliner que decía tener información sobre el crimen. Carrucci no estaba y se lo sacaron de encima instándolo a que acudiese a la fiscalía.

—Lo agendé para hoy a las tres de la tarde.

—Ok. Nos vemos en un rato —dijo Silvia Rey.

Francisco Rey estaba melancólico. Era viernes. Faltaba poco para la primavera. Esos primeros días de calor que tanta desazón producen en las almas sensibles. El hombre observó a su hija, que guardaba el teléfono celular en la cartera con aire serio y concentrado. Había una mueca que hacía desde niña cuando se concentraba, un leve estreñimiento de la comisura de la boca que transportaba a Francisco Rey al pasado como una máquina del tiempo. Y entonces evocaba la juventud, cuando su mujer estaba viva e iban al campo los tres. Silvia Rey percibió la mirada amorosa del padre y fingió sorpresa.

—¿Qué? —preguntó reprimiendo a medias una sonrisa.

—¿Te acordás en el campo cuando eras chiquita y te

llevaba a darles de comer a los chanchos? Y te trepabas al alambrado y les gritabas «Cuchi, cuchi, cuchi» y venían todos corriendo y les tirabas maíz. ¡Cómo te divertías!

–Sí. Y vos siempre me recordabas la anécdota del chico que se cayó adentro del chiquero y la chancha se lo comió vivo.

–El chico de un peón en La Matilde, sí. De película de terror.

En el auto, yendo a la fiscalía, Silvia Rey rememoró otras admoniciones de su padre cuando estaban en el campo. «No abraces así al perro que te van a salir quistes hidatídicos.» O: «Cuidado entre los rastrojos porque hay lauchas que te contagian fiebre hemorrágica». Y cuando iba al gallinero a juntar huevos con su prima: «Guarda que las gallinas están llenas de piojos que te saltan en el pelo y después para matarlos hay que bañarte en querosén». Si salían a andar a caballo, en cambio, Francisco Rey recordaba la historia de su primo segundo, el arquitecto, que se cayó de un alazán medio chúcaro y se quedó paralítico. El mundo era para ella en ese entonces un festival de peligros, pero no por ello un sitio hostil. Como tampoco lo era para su padre, en realidad, cuya veta hipocondríaca y catastrofista era antes que nada una puesta en escena, una extravagancia más pintoresca que patológica. Tal vez gracias al contrapeso que ejercía la influencia de su madre, una mujer llana de personalidad temeraria, la ansiedad perenne y sobreactuada de Francisco Rey no le habían inculcado terror al mundo, sino curiosidad y asombro. Nunca se había entendido del todo con su madre y, sin embargo, se veía tanto más parecida a ella que a su padre.

Llegando a Libertador y Austria, le vinieron a la mente los malabaristas. Hacía tiempo que no los veía y ese día tampoco estaban. En su lugar, una mujer con un niño en brazos aprovechó el semáforo rojo para mendigar entre los autos. Al ver que se le acercaba, Silvia Rey cerró la ventanilla y le hizo un gesto delicado de rechazo. Puso la canción que venía gastando desde hacía días, «Blindfold», de Morcheeba, subió el volumen y, cuando cambió a verde, arrancó a toda velocidad y volvió a abrir la ventanilla.

Silvia Rey no tenía manera de saberlo, pero en ese preciso instante, a muy pocas cuadras de ahí, se estaba desarrollando una tragedia que monopolizaría el tiempo y la energía del subinspector Carrucci durante semanas. En un supermercado, un hombre estaba matando a tiros a tres personas. La cacería del asesino sería larga y extenuante. Un descenso al infierno de la mafia china y de sus vínculos con el narcotráfico local. Carrucci, absorto por completo en esta empresa, descuidaría irreparablemente el caso Doliner.

Minutos antes de que les cayera la noticia del triple crimen en el supermercado, Carrucci tomaba un té de tilo con Sermonti en El Unicornio Blanco. El inspector se despachaba sobre su última correría amorosa, una azafata de KLM, y Carrucci le seguía la corriente fingiendo interés.

–La cité en el Florida Garden después de almorzar –prosiguió Sermonti.

–Cafecito y una porción de torta de queso –completó Carrucci, que conocía el *modus operandi* del inspector.

–Sí. Ella se tomó un whisky, qué bestia.

–Y de ahí al telo de Tres Sargentos.

–Afirmativo –dijo Sermonti.

El subinspector forzó una sonrisa. Estaba de pésimo humor. Esa noche había dormido muy mal. Y la tarde anterior había tenido un intercambio bastante desagradable con Silvia Rey que lo había dejado resentido.

Carrucci había ido a la fiscalía para compartir con la secretaria los resultados del allanamiento a la pensión donde había vivido Copito antes de mudarse al hotel, pero ella estaba cruzada con él, no lo dejaba hablar. Estaba empecinada en explorar avenidas alternativas. La teoría del taxi boy asesino no le cerraba. Insistía en el testimonio de Gachalá. Volvía una y otra vez sobre «el jefe». Carrucci sabía que la fiscal no se tomaba en serio las teorías de la secretaria. Eso le daba cierta tranquilidad.

–Hay que mantener la mirada en el blanco, Silvia –había dicho con cierto orgullo de su propia humorada.

A Silvia Rey no le hizo gracia el chiste. La secretaria entendía que sin el albino tenían poco y nada. Aun así, la relación entre ellos se había agriado. El subinspector sospechaba que ella creía que se rehusaba a ahondar en ciertas vetas del caso por miedo a descubrir algo realmente inconveniente.

–Bueno, ¿te interesa lo que pasó en la pensión o no?

Silvia Rey dijo que sí.

El encargado era alcohólico y había sido de poca ayuda, empezó el subinspector. En la habitación encontraron algo de ropa, un equipo de música y una foto enmarcada de Copito con Gachalá y otra mujer frente a la casa al pie de las montañas.

–La madre será –dijo Carrucci.

Silvia Rey asintió.

El encargado recordaba a dos visitantes de Copito: uno era Gachalá; el otro era un chico de su edad, corpulento y desaseado.

–El gordo Turbina –dijo Silvia Rey.

—¿Quién? —preguntó Carrucci.

—Gachalá lo mencionó. Un amigo de Copito. Averiguá por ahí si ese nombre le suena a alguien.

Caminaron hasta el garaje donde Silvia Rey dejaba el auto. Él rumiando un caramelo, ella despotricando contra la policía, que no podía encontrar un albino.

—¿Qué hace falta? ¿Que se pasee con un chaleco fluorescente tirando fuegos artificiales?

Carrucci la dejó descargarse. Cuando llegaron al auto, ella se despidió y Carrucci, dando un paso hacia adelante, se inclinó para besarla. Silvia Rey corrió la cara con premura. Él la miró sorprendido. Ella, impertérrita, abrió la puerta del auto.

—Chau, Osvaldo, llamame cuando sepas algo.

Carrucci la vio irse, caminó a Los Inmortales y pidió tres empanadas de carne que le cayeron como una bomba. Al día siguiente lo comentó con Sermonti cuando el inspector le preguntó por qué demonios había pedido un té de tilo.

—Pero ¿cómo vas a comer empanadas ahí, animal? Son sachets de grasa. Hay solo dos lugares en Buenos Aires donde podés comer empanadas: Ña Serapia y El Sanjuanin —dijo el inspector.

«Las de Ña Serapia también son un gancho al hígado», pensó Carrucci, pero no lo dijo porque justo en ese momento los llamaron con la noticia de la masacre en el supermercado.

Eran apenas pasadas las tres cuando Klibansky anunció al testigo. Se abrió la puerta y Silvia Rey vio entrar a un joven de buena estatura y un poco panzón. Tenía el pelo largo cortado tipo casco y el rostro redondo y tumefacto. «Hipotiroidismo», pensó, «¿o es *hiper*tiroidismo?» Entonces

173

cayó en la cuenta de que lo había visto antes. En el edificio de Doliner, claro. El joven iba acompañado por una chica que vestía uniforme de colegio.

—Gracias por venir, ¿cómo es tu nombre?

—Carlos —dijo el chico.

—Tu nombre completo.

—Carlos María Pervinapo.

—Carlos, entendés que acá tenés que decir la verdad, toda la verdad y nada más que la verdad, ¿no?

El muchacho entendía. Lo juró.

—Eras vecino de Doliner, ¿no? Te vi en el edificio una vez.

—Sí.

—¿Y vos sos...? —dijo la secretaria dirigiéndose a la chica.

—Flavia Cánepa. Soy la novia. Lo tuve que arrastrar. Todo este tiempo no quería hablar, tenía miedo, pero lo convencí —explicó la chica.

—Gracias —dijo Silvia Rey. La chica le dio ternura—. Contame, Carlos. ¿Qué viste? ¿Qué escuchaste? ¿Qué sabés?

—Vi un tipo que entraba a mi edificio más o menos en la fecha cuando mataron a Doliner. Un tipo con muy mala pinta. Eso no es lo más raro, igual. No me va a creer, pero viajé con él en colectivo. Yo venía de lo de ella —dijo señalando a su novia— y el tipo se bajó conmigo. Pensé que me estaba siguiendo y crucé la calle. Lo vi entrar a mi edificio. Y al rato lo vi salir.

—¿A qué te referís con «muy mala pinta»? ¿Mal vestido? ¿Cara de drogado?

—No. Estaba bien vestido. Bah, normal. Y parecía sobrio. Cara de hijo de puta tenía, con perdón —explicó el chico.

—Pero decile lo que pasó en el colectivo, Pervi —dijo la chica.

174

Colón con corticoides la degolló con la mirada.

–¿Qué pasó en el colectivo? –intervino Silvia Rey.

–Nada, que me caí sobre el tipo y me amenazó, me dijo que me iba a pegar –explicó Pervinapo.

–Te dijo que te iba a *romper una costilla* –corrigió la chica. Y, mirando a Silvia Rey, agregó–: ¡Reenfermo!

–¿Cuándo fue esto?

–El 16 de julio –respondió Pervinapo.

–Un viernes –agregó su novia.

–¿Cómo estás tan seguro de la fecha?

–Porque era el último día de clases antes de las vacaciones de invierno –dijo Pervinapo.

–¿A qué hora pasó esto?

–Temprano. A las siete y pico. Él se quedó a dormir en mi casa y se volvió a la mañana cuando yo me fui al colegio –dijo Flavia.

–Carlos, el cuerpo de Doliner apareció más de dos semanas después. ¿Por qué se te ocurrió conectar este incidente con el crimen?

–No sé. Por la cara del tipo. Nunca lo había visto antes. Eso y lo del colectivo. Me pareció muy raro todo. Era un tipo pesado, no hay duda.

Pervinapo a continuación explicó que, después de verlo entrar al edificio, se quedó esperando en un bar hasta que lo vio salir una media hora más tarde.

Silvia Rey quiso saber cómo había hecho el hombre para entrar.

–Justo salía una señora y el tipo entró –dijo Pervinapo.

–¿Te acordás si llevaba algo? Un bolso, una mochila, por ejemplo.

–No me acuerdo, no. Tenía guantes, eso sí me acuerdo. Se los vi en el colectivo. Guantes de cuero. Negros. Hacía mucho frío.

Silvia Rey le pidió una descripción física. Pervinapo recordó el pelo corto castaño oscuro. Altura promedio; uno setenta y cinco, tal vez. Contextura musculosa, fibrosa más bien. Un tipo morrudo. El rasgo más notable era la nariz. Respingada, como de cirugía plástica. Y pequeña respecto de la cara; desproporcionada.

–Tipo exboxeador que se operó –ilustró Pervinapo.

–Pero decile lo que me dijiste a mí, Pervi –interrumpió Flavia.

Pervinapo miró a su novia molesto.

–Nada, que yo *sé* que es el asesino –dijo el joven.

–¿Cómo sabés?

–Porque lo sé. Cuando nos enteramos de lo de Doliner yo supe inmediatamente que había sido ese tipo. No tengo pruebas, pero tampoco tengo dudas –afirmó Pervinapo encogiéndose de hombros.

–Te creo –dijo Silvia Rey.

27

Unas noches más tarde, desanimada y elegante, Silvia Rey comía carne al horno con papas y tomaba vino tinto en la casa de su amiga Marisa. Copito seguía desaparecido. Carrucci no atendía el teléfono y, con el fin de irritarlo, la secretaria le llenó el contestador automático de mensajes en los que le refería una y otra vez el testimonio de Pervinapo y le pedía que citase al joven para hacer un identikit. No obtuvo respuesta. Al mismo tiempo, la fiscal perdía el poco interés que le quedaba. Ante los ojos de Silvia Rey, el caso Doliner se hundía inexorablemente en el pozo sin fondo de los asesinatos sin resolver.

Silvia Rey y Marisa se conocían desde chicas. Habían sido compañeras de colegio y se veían tres o cuatro veces por año, más por costumbre que por amistad. Para ser francos, hacía ya tiempo que Silvia Rey se aburría hasta las lágrimas con Marisa. Los encuentros le resultaban insufribles y muchas veces ponía excusas, cancelaba y posponía, aunque siempre terminaba accediendo con resignación, como quien se somete a expiar una falta movido por la culpa. Ella también se aburre conmigo, se decía a sí misma la secretaria, que creía a rajatabla en la ley de la reciprocidad emocional. Así y todo, la idea de cortar una relación tan larga le daba vértigo. Como sucede a menudo con los matrimonios, a veces las amistades también se sostienen exclusivamente sobre su propia longevidad. Como si el mero hecho de haberse conocido mucho tiempo atrás justificase el vínculo. Como si deshacerse del otro, que nos conoce desde que éramos chicos o jóvenes —desde otra era geológica de nuestra vida, digamos—, fuese un atentado contra nuestra propia identidad y un recordatorio fatídico de la transitoriedad de todo. «Nos conocemos desde hace treinta años, ¿cómo le voy a dejar de hablar?», pensaba Silvia Rey cada vez que barajaba la posibilidad de no responder a las llamadas nunca más. Porque era siempre Marisa la que llamaba.

Como de costumbre, esa noche la conversación era anodina y la secretaria, sostenida por una copa de vino tras otra, se esforzaba en mostrar interés. Estaban también el marido de Marisa y León, el hijo menor, un adolescente tan buenmozo como inteligente. Todo lo contrario del paterfamilias, logorreico y santafesino, que era un pelotazo en contra. Para animar un poco la cosa, Silvia Rey intentaba incluir al chico en la charla, pero no había caso. El joven León los acompañaba solo en apariencia. Su mirada catatónica indicaba que estaba muy lejos de ahí en espíritu.

En un momento se habló de lo mal que estaba el tráfico en la ciudad y el marido de Marisa le reprochó a Silvia Rey la costumbre de ir a trabajar en auto.

—Tenés el subte al lado. Y ahí en Chacarita te lo tomás vacío. No entiendo por qué se te da por manejar.

—Primero, porque desayuno todos los días con papá en Pacífico.

—¡Qué horror Pacífico! ¿Por qué? —exclamó Marisa.

—Y segundo porque me encanta manejar, me despeja.

—Pero el tráfico en el centro es imposible, Silvita —protestó el hombre.

—No te creas. Igual te repito: no me molesta. Escucho música. Miro a la gente. Por ejemplo, en la esquina de Libertador y Austria hay siempre..., bueno, había, ahora hace rato que no los veo..., pero había tres chicos que hacían malabares con mandarinas. Era una cosa impresionante. Pero impresionante, eh.

—¡Los vi! —gritó Marisa—, qué increíble, sí. ¿Viste lo que son? ¡Qué destreza! Y cómo se mueven entre los autos... Con qué agilidad, ¿no? Parece que levitasen. Son como palomas.

—A las palomas las aplastan los autos todo el tiempo —intervino León dirigiéndose a su madre.

—¿Qué decís?

—Me la paso viendo palomas reventadas en la calle.

—¿En serio? Yo nunca vi —dijo Marisa.

—Bueh —replicó su hijo.

—Silvita, ¿qué vas a hacer para tu cumple? —dijo Marisa volviéndose hacia su amiga.

—Meter la cabeza en el horno y abrir el gas —respondió Silvia Rey.

León soltó una carcajada.

Después de comer, los varones se excusaron y ellas pasaron al living, donde tomaron café e intercambiaron chismes sobre amigos y conocidos. Clarita estaba de cuatro meses y odiaba el término «embarazo geriátrico». El marido de Lucila, con cáncer de estómago, ya estaba más cerca del arpa que de la guitarra. Y a Luis, el hijo menor de María José, lo habían agarrado robando en Tower Records.

—Siempre fue un atorrantito —dijo Marisa.

—Un bueno para nada, como el padre —acotó Silvia Rey.

En un momento, Marisa volvió a sacar el tema de su

clase de yoga e instó a su amiga a que se anotase, ante lo cual la secretaria manifestó una vez más cuánto odiaba la gimnasia y el deporte en general.

—¡No es deporte! Es una práctica espiritual, un arte milenario —protestó Marisa.

—Peor —dijo Silvia Rey.

No eran siquiera las once cuando anunció que era hora de partir.

—Algo tenemos que hacer para tu cumple. Cuatro cero es un gran evento, ja, ja —dijo Marisa al despedirla.

Cuando llegó a su casa, puso a cargar el celular. Tenía tres mensajes de su padre: dos en el contestador automático y uno en el celular. Se había olvidado de decirle que iba a comer a lo de Marisa. Lo llamó y quedaron en verse al día siguiente.

Silvia Rey se sirvió un whisky, abrió la ventana y sintió el aroma característico del barrio, una combinación de olor a flores y fetidez cloacal. Hacía una noche deslumbrante y hasta se podían ver algunas estrellas. Le pareció que el cementerio se abría como un agujero negro. O que se dilataba, como la pupila gigante en el ojo de la ciudad. A lo lejos sonaba una sirena. Silvia Rey tomaba el whisky de a sorbitos, la mirada perdida en esa lejanía oscura. Imaginaba a Copito, una mancha blanca en la negrura de la noche, escondido seguramente en alguna pensión. O en un aguantadero. Le parecía improbable que hubiese abandonado Buenos Aires. Imaginó también que, en algún lugar de la ciudad, desplegada ante sus ojos insomne y brillante como un mapa difuminado, estaba el jefe. Una figura sin rostro. Un acertijo. ¿Podía tratarse de una ficción de Copito para entretener a Esmeralda? ¿Sería todo un cuento de Esmeralda? Improbable, aunque no imposible. ¿Y el hombre de nariz respingada? Él también debía estar suelto por ahí, un Minotauro malandra suelto en el laberinto de la ciudad. En ese momento estaría en su casa o jugando al billar en algún tugurio o comiendo con su novia en una fonda o yendo en auto a toda velocidad por la General Paz.

Acaso fuesen los vapores etílicos que le nublaban el entendimiento, pero Silvia Rey de repente se vio invadida por una gran confusión. ¿Y si era, como pensaba Carrucci, el clásico crimen del taxi boy? Era lo que Ana María había sospechado desde un principio. ¿Y si sus instintos no eran más que desvaríos, caprichos? No habría sido la primera vez que se dejaba llevar por una intuición errada. Recordó las sabias palabras de Hannibal Lecter: «First principles, Clarice, simplicity». En el estupor de esa niebla mental cerró la ventana y apagó la luz. Le quedaba un trago abundante de whisky e hizo fondo blanco. Quería apagarse del todo, perderse en el sueño absoluto de los borrachos. Entonces sonó el teléfono.

—Hola, Silvia, disculpame que te llame a esta hora.

Era Carrucci.

—¿Apareció?

—¿El albino? No, no apareció.

—¿Citaste a Pervinapo? ¿Tenés el identikit?

—¿A quién? ¿Qué identikit?

—¿No escuchás tus mensajes?

—No, hoy no tuve tiempo.

—Carrucci, ¿qué te pasa? ¿Tenés bronca por lo del otro día? ¿Vas a boicotear la investigación porque quedaste herido en tu orgullo de machito argentino? —vociferó patinando sobre las palabras.

—Mañana escucho los mensajes. Silvia, escuchame..., mataron a Gachalá.

La secretaria no respondió. Hubo una pausa que al subinspector se le hizo eterna.

–La encontraron en el conventillo donde estaba parando. En su habitación. La estrangularon. Fue un ciruja, me dicen. Le cayó a la fiscal Russi. Vamos a hablar con ellos y hacer el seguimiento. Pero, por lo que parece, nada que ver con lo nuestro. Hay un testigo que vio salir al ciruja este de la habitación.

–Ok. Vos conseguime ese identikit –dijo Silvia Rey. Y cortó.

Fue al baño y se cepilló los dientes con vigor hasta hacerse sangrar la encía. Hizo un buche y escupió mirándose al espejo. De pronto, sus facciones se le volvieron borrosas y se echó a llorar. Lloró fuerte y lloró mucho. Se sentó en el inodoro y sollozó. Moqueó. Gimoteó. «Hay algo insoportablemente teatral en el sonido del llanto propio», pensó. Lo había leído en una novela, estaba casi segura. ¿O era una idea suya? Era buena como idea. Cuando se hubo vaciado de lágrimas, se lavó la cara, se metió en la cama, apagó la luz y en menos de lo que canta un gallo estaba navegando hacia el país de la inconsciencia.

28

Esa noche soñó con Copito. Estaban en Viena. Silvia Rey había ido allí de adolescente, una escala de tantas durante un viaje de mochilera. Tenía recuerdos vagos y fragmentarios: la cúpula bulbosa de una iglesia, una factura con crema pastelera (¡exquisita!), los cuadros de Brueghel en el museo, un *hostel* inmundo, la casa de Freud. En su sueño, Copito no era albino. Tenía la piel mate y el pelo castaño, como ella. Ansiosos y de la mano, deambulaban por la ciudad en busca de un lugar apartado donde tener sexo. Cada vez que encontraban un rincón que daba la impresión de estar al resguardo de la gente, aparecía alguien y tenían que subirse los pantalones y salir corriendo. Esa misma situación, una y otra vez. Se despertó muerta de sed y con una jaqueca envenenada.

Cuando se apareció en el sueño de Silvia Rey, Copito ya estaba muerto. Había sido asesinado el 23 de julio, exactamente una semana después que Doliner.

La mañana del último día de su vida, Copito se despertó de buen humor. No tenía motivos para estarlo. Hacía días que no se podía comunicar con Doliner, de quien esperaba un pasaporte falso y una cantidad importante de dinero. Tenía un billete de ómnibus para viajar a Bolivia el día 25. Según el itinerario original, llegaría a Guayaquil por tierra vía La Paz y Lima. Pero con cada hora que pasaba sin que Doliner diese señales de vida, se le hacía evidente que tendría que cambiar de planes. Sin documentos, no habría manera de llegar a Ecuador. Mucho menos de empezar una nueva vida en un colegio pupilo, para lo cual, además, necesitaba el patrocinio de Doliner.

Temía que al profesor le hubiese pasado algo peor que la amputación de un dedo. Lo llamaba por teléfono varias veces por día, todos los días, y nada. La noche de su cumpleaños, después de que se hubo ido Esmeralda, pidió un radio taxi y fue hasta el edificio de la calle Juncal. Le indicó al taxista que lo esperara y tocó el portero eléctrico, pero tampoco obtuvo respuesta. Se pasó el viaje de regreso al hotel mirando por el vidrio trasero para asegurarse de que no lo estuviesen siguiendo. Estaba convencido de estar a salvo del jefe en el hotel. «Si supiese dónde estoy, ya me habría venido a buscar», pensaba. No le cabía duda de que había sido el jefe quien había mandado a ese engendro a cortarle un dedo. Lo sorprendió que se tratase de un desconocido. Creía conocer, al menos de vista, a todos sus matones.

Por las noches, se quitaba la venda y se lavaba la herida con Pervinox, como le había enseñado Doliner. Los primeros días el dolor era atroz, se extendía por el brazo hasta el hombro y le llegaba a la espalda. Lo sentía incluso cuando dormía y se despertaba constantemente. Revivía el momento de la agresión y le temblaban las manos. El dolor inaudito, el miedo, el sonido del hueso tronchado, sus propios gritos. Cada tanto oía ruidos en el pasillo y se convencía de que lo habían encontrado y venían a llevárselo. Salía de su habitación solo para ir al baño. Una vez al día bajaba a comprar algo de comer en el bar de la esquina. Luego de unos días de esa rutina, el dolor fue amainando y Copito se convenció de que, mientras mantuviese un perfil bajo, no corría peligro. En breve partiría hacia el exterior y se acabarían los problemas.

La última mañana de su vida, se despertó sin dolor. Se quitó la venda. La herida estaba cicatrizando bien. Ya casi no había hinchazón. Flexionó los cuatro dedos con facilidad. Observó su mano tullida y por primera vez no se espantó. Era un día de sol. Abrió la ventana y el aire frío lo despabiló. Tal vez Doliner hubiese llamado durante la noche. Le había tomado más de lo esperado conseguir el pasaporte, pero ya lo tenía, imaginó. Estaba todo listo. Esa tarde pasaría por el hotel. O quizá le mandaría un sobre por medio de algún servicio de mensajería. Eso haría el profesor, desde luego. Era extremadamente precavido. Copito recordó la mañana después del ataque, cuando le anunció que lo llevaría a un hotel en el centro porque su departamento no era seguro.

—¿Te pensás que no saben dónde vivo?

Copito sospechaba que el profesor tenía razón. De todos modos lo aplacó.

—Ya habrían venido... —dijo.

—No. Anoche te hicieron el llamado de atención. Ahora empieza la joda —repuso el profesor.

—Entonces vos también te tenés que rajar.

—Conmigo no se van a meter. Olvidate. Y yo los voy a hacer caer. Dame tiempo y vas a ver.

Temiendo que estuviesen vigilando el edificio, el pro-

185

fesor pidió un remís y lo hizo entrar al garaje. Copito se metió en el baúl. Doliner llevaba un sombrero. A mitad de camino, cuando estuvo seguro de que no los seguían, le pidió al remisero que estacionase en el garaje de un supermercado y sacó a Copito del baúl. De ahí fueron al Hotel Covarrubias. El profesor pagó una semana por anticipado, le dejó algo de dinero y se despidió. La noche siguiente lo llamó por teléfono. El pasaporte tomaría unos días. Había que tener paciencia. Esa fue la última vez que hablaron.

Copito se vistió todavía con algo de dificultad, fue al baño, se acicaló y se dirigió a la recepción.

El viejo estaba leyendo el diario. Copito lo miró expectante.

—No llamó nadie, pibe. ¿Querés un mate?

—No, gracias, don. Voy a dormir un rato más.

De vuelta en su habitación, trabó la puerta y se sacó los pantalones. Su buen humor del despertar se había disipado en un instante. El ambiente estaba helado. Cerró la ventana, se metió en la cama y se cubrió con la frazada hasta la nariz. Una sensación de soledad avasallante le bajó de la cabeza hasta el pecho y le dio un escalofrío. Sintió como una urgencia la necesidad de estar cerca de su mamá. Se puso de costado y se encogió hasta quedar en posición fetal con los brazos entre los muslos para entrar en calor. Consideró una vez más la idea de volver a su pueblo. Cerró los ojos y evocó el aire límpido y seco, la tutela imponente de las montañas, los olores de la casa. Se figuró las manos pequeñas de Elsa, manos ásperas y tibias. El amparo de su cuerpo de mamá gallina. Su voz primordial. Su silueta en

186

la cocina, el cuerpo cálido y macizo, la mirada concentrada lavando verduras o trozando carne para el puchero. Su presencia total en el centro del sistema solar de la casa con todo –personas, animales y objetos– orbitando a su alrededor. Pero no podía volver a La Rioja. El jefe sabía de Licópolis. Tarde o temprano, se iba a aparecer. O mandaría a alguien. ¿Y si lastimaba a Elsa o sus hermanos?

«Ni se te ocurra dejarme. Sabés que te iría a buscar hasta el fin del mundo», le había dicho una vez. Remoloneaban en el bulín y se amenazaban como se amenazan a veces los amantes, ni del todo en serio ni del todo en broma.

La última vez que lo vio, el jefe le hizo una advertencia, pero en sus palabras ya no quedaba resabio alguno de aquel espíritu bromista y amoroso.

«Me contó un pajarito que estás pasando mucho tiempo en lo del profesor ese. Ojo. A ver si te empiezan a ocurrir cosas raras. Me dicen que no está muy bien de acá el tipo», dijo dándose un golpecito con el dedo en la sien.

Tres días más tarde, lo atacaron por la calle y le cortaron el dedo índice. Para Copito era indudable que el jefe sabía que planeaba huir al exterior y le estaba haciendo un llamado de atención. Doliner estuvo de acuerdo. El jefe lo quería cerca, sí. Tenía locura por él, sin duda. Pero Copito también había visto demasiado. Sabía nombres y había escuchado pormenores. Estaba enterado de asuntos, conocía tejemanejes. El jefe se sentía tan a gusto con él que se había relajado, había bajado la guardia, había confiado en su niña bonita. Ya no podía dejarlo ir.

Copito finalmente se quedó dormido. Cuando se despertó hacia el mediodía tenía claro lo que debía hacer. Viajaría a La Paz. No necesitaba pasaporte para cruzar esa

frontera. Entre lo que le había dejado Doliner y unos ahorros suyos tenía lo suficiente como para sobrevivir un
tiempo en Bolivia. Estaría allí hasta que se calmaran las
aguas. Buscaría un trabajo. Quién sabe, tal vez terminase
instalándose. Se le apareció nuevamente la figura de su
madre. ¿Cuándo la volvería a ver? Tal vez nunca. La idea
lo hizo lagrimear. Pero eso era imposible, se dijo, por supuesto que volvería a verla.

¿Y a Esmeralda? Estaba tan cerca. Podía hacerse una escapada para despedirse. Era peligroso. Haberla invitado al
hotel para su cumpleaños había sido un riesgo, pero pasar
el día solo hubiera sido insoportable. Recordó otro cumpleaños, aquel que había festejado con Esmeralda y con su
madre en los bosques de Palermo. En su memoria, el recuerdo de aquella tarde se había cristalizado hasta volverse una pátina de sensaciones afables sobre la superficie de
una imagen, la foto de los tres que su madre había hecho
enmarcar. Entonces se sobresaltó. Salió de la cama y buscó
su mochila en el armario. Revisó bolsillos y compartimentos. La foto no estaba. Se la había olvidado en la pensión.

Hacía días que lo esperaban y ya estaban a punto de
darlo por perdido cuando lo vieron doblar la esquina. Caminaba rápido y no daba más de tres o cuatro pasos sin
girar la cabeza a ver si alguien lo seguía. Llevaba gorra y
anteojos de sol. Lo reconocieron de inmediato y arranca-
ron. Estacionaron frente a la puerta de la pensión. Cuando Copito estaba por entrar, el que viajaba en el asiento
del acompañante salió del auto como un relámpago. Le
cubrió la cabeza con una funda de almohada mientras el
otro abría la puerta trasera. El chico apenas llegó a gritar.
Fue cuestión de segundos. Nadie vio nada.

Después de un viaje que pudo haber durado cuarenta minutos o cuarenta años, llegaron a destino. Lo bajaron del auto y lo guiaron por un camino de tierra. Le costaba caminar, tenía las rodillas vencidas por el miedo. Entraron y los recibió otra persona, una voz que Copito no había escuchado nunca. Tenía acento extranjero. El hombre lo desvistió de la cintura para arriba. Le inspeccionó el pecho y los brazos. Al llegar a la mano agredida, le quitó la venda y le pasó un dedo por la herida. Copito lloraba y el hombre le dio una bofetada.

–Callate.

–Por favor, por favor. ¿Está Pedro? Llamalo a Pedro. Por favor –imploró el chico.

Lo hicieron caminar. Alguien abrió una puerta que daba al exterior. Brillaba el sol. Le ordenaron que se arrodillase. Se negó, gritó. Uno le levantó la capucha y otro lo amordazó. Copito llegó a ver un rostro que conocía. Era el hombre que le había cortado el dedo. Le hicieron una zancadilla y cayó de trompa al piso. Lo pusieron de rodillas. Sintió una ola de calor en los muslos. «Se meó», dijo alguien y apoyó algo enfrente suyo sobre el piso de baldosas. Entonces, una mano lo agarró de los pelos y le inclinó la cabeza hacia el cielo. Aun a través de la tela, la luz del sol lo encandiló y Copito cerró los ojos. El tajo interrumpió un último grito de protesta. Sintió un ardor profundo en la garganta y un calor que le bajaba por el pecho. Luego, frío. Abrió la boca, se ahogaba. Le inclinaron la cabeza hacia abajo.

–Acercá la palangana, acercale –fue lo último que escuchó antes de precipitarse en el abismo.

29

Pasaron los meses.

Una mañana de primavera, Silvia Rey estaba en su oficina leyendo un informe forense. Un hombre de treinta y un años había sido asesinado de cuatro tiros en un restaurante de la Villa 1-11-14. Según la mujer de la víctima, el crimen estaba relacionado con el asesinato de su cuñado una semana antes en Ayacucho, Perú. Los dos hermanos, testificó la mujer, habrían sido liquidados a raíz de una venganza en el contexto de una guerra entre carteles. Las ramificaciones internacionales y el contexto de narcotráfico lo volvían un caso —en palabras de Ana María— «emputecido». Si se había tratado de un sicario enviado desde el Perú, era muy posible que el hombre ya estuviese de vuelta en su país. Además, les tocaba trabajar con una de las comisarías más corruptas e inoperantes de la ciudad. La única ilusión de la fiscal era que el juez que entendía en la causa, un Eliot Ness de maceta conocido por sus ínfulas y por su ambición política, se hiciese cargo del caso. Por aquellos días en el Perú se estaba discutiendo la firma de una convención que establecería oficialmente el vínculo entre la subversión senderista y el narcotráfico, otorgándole fueros a la justicia para combatir el tráfico de drogas con el mismo vigor y con un presupuesto comparable al que se destinaba a la lucha contra el terrorismo. Por otro lado, al año siguiente habría una conferencia internacional en Sicilia dedicada a la discusión de estrategias para combatir el blanqueo de dinero. Ana María sabía que su señoría planeaba asistir. Era cuestión de tiempo antes de que le sacasen el caso de las manos y la fiscal no veía la hora. Mientras tanto, le había pedido a la secretaria que se empapase en el tema.

Así las cosas, Silvia Rey hojeaba el informe sin demasiado interés mientras su conciencia fluía hacia recuerdos del día anterior, su cuadragésimo cumpleaños. Había desayunado con su padre, que le había regalado su perfume favorito y una novela, *El cartero llama dos veces*.

—No aparece ningún cartero, pero sí un pobre griego cornudo y la *femme fatale* más tremenda de la historia de la novela negra —le dijo. Después la acompañó hasta el auto y le dio un beso en la frente—. Mi hijita adorada, cuarenta años. Ayer nomás eras así de chiquitita y empezabas a hablar. Cuando te sacábamos a pasear saludabas al sol. Y de noche, a la luna, ¿te acordás? Hola, sol... Hola, luna...

Silvia Rey se emocionó, pero contuvo las lágrimas. Estrechó fuerte la mano de su padre, le dio un beso resonante y se fue a trabajar.

Ana María había comprado una torta y esa tarde en la fiscalía se congregaron todos para soplarle las velitas. Habían abierto varias botellas de sidra y habían brindado. Killmeate, el jefe del despacho, improvisó un panegírico lleno de chistes y juegos de palabras que todos celebraron con aplausos (alguien chifló). Klibansky coqueteó abiertamente con Spinelli, el prosecretario. Martín se emborrachó, vomitó en el lavatorio de la cocinita y lo mandaron a su casa en un taxi.

Por la noche, Silvia Rey había comido en casa de Marisa con cinco amigas del colegio y sus maridos –todos excepto José, el de Lucila, que acababa de morir–. Le regalaron chucherías, hubo otra torta y cantaron el feliz cumpleaños a voz en cuello. «Que los cuuumplas, Siiilviiiitaaaaaaa, que los cuuumplas...» Silvia Rey estaba contenta. Se sintió afortunada de tener amigas así. No eran del todo compatibles, era cierto. Tenían vidas y valores muy distintos, pero se conocían y se querían como si fuesen hermanas, pensó. O primas, más bien, se corrigió. Marisa le había insistido para que fuese acompañada. Ella le había contado algo sobre sus roces con Solari. Últimamente, se estaban viendo con relativa frecuencia. Idas al cine, sobre todo, porque Solari era un cinéfilo maniático. Una comida acá, un café allá, un par de encuentros en un bar de copas –citas que, dicho sea de paso, no siempre desembocaban en la intimidad–. Pero prefirió no presentarlo en sociedad aún. ¿Para qué? No faltaría tiempo para empezar a confeccionar ese engrudo.

Cuando volvió a su casa, medio ebria y bastante indigesta, entre los muchos mensajes en el contestador automático encontró uno de su exmarido. Le deseaba felicidades con voz meliflua y antes de despedirse proponía un *tête-à-tête* para el futuro cercano. Ya sabía que ella estaba saliendo con Solari, dijo, pero no había problema. Mientras lo escuchaba, Silvia Rey tuvo una imagen relámpago del final de su fiesta de casamiento. El novio solo bailando «Just A Gigolo», girando como un trompo con los ojos cerrados y una expresión de profunda autocomplacencia. Pobre. Siempre fue una caricatura de sí mismo.

En eso pensaba Silvia Rey aquella mañana mientras barría con la vista el expediente del hombre asesinado en el restaurante peruano. En un momento lo dejó y agarró el diario, que todavía no había leído. Tras un repaso de las noticias principales (fútbol, fútbol, fútbol), saltó a la sección policiales. Veinte años de prisión para el Gordo Valor. «En menos de un mes se fuga», predijo la secretaria. Crece la preocupación por la moda de los «cuidacoches» en los barrios acomodados. ¡Algunos piden hasta cinco pesos! Un hombre mató a cuchillazos a su amante y después intentó degollarse sin éxito. «Un harakiri en la garganta», pensó. Eso había sucedido en Núñez. Y en Quilmes se buscaba desesperadamente a un chico de trece años que llevaba casi una semana desaparecido. Leyó.

CINCO DÍAS SIN NICOLÁS
CONTINÚA LA BÚSQUEDA FRENÉTICA
DEL ADOLESCENTE DESAPARECIDO
EN QUILMES

La angustia de familiares y amigos de Nicolás González no tiene fin. El chico de trece años salió de su casa en Quilmes Este en la mañana del 11 de noviembre para ir a la escuela, pero nunca llegó. Sus anteojos y su mochila fueron encontrados en una parada de colectivo frente al Hospital Isidoro Iriarte. «Estamos desesperados», dijo su madre, Adela Graziani de González. La mujer comunicó a los medios que Nicolás posee serios problemas de vista y debe portar anteojos en todo momento. El joven, además, padece de albinismo, comunicaron sus padres, y realizaron un llamado a la solidaridad: «Si alguien vio

193

algo, si alguien vio a Nico, por favor le pedimos que dé parte a la policía, que no tenga miedo; ayúdennos a encontrarlo...».

Estaba la foto de Nicolás, un chico de clase media evidentemente. La imagen, desde luego, la remitió a Copito y se vio inundada por una marea de malos recuerdos. El caso Doliner seguía impune. De Copito jamás había habido noticias. Por el asesinato de Esmeralda Gachalá se había imputado a un cartonero que trabajaba en la zona del conventillo donde vivía la joven. El hombre no tenía coartada y cargaba sobre sus espaldas un prontuario frondoso, aunque nada de semejante gravedad. Juró y perjuró que era inocente, pero a pesar de que no había evidencia material, su suerte estaba echada. De noche, de lejos, alguien lo había visto salir del conventillo. Silvia Rey sospechaba que la policía había encontrado un perejil para apurar el trámite o por alguna otra razón más siniestra.

Por su parte, Carrucci nunca había citado a Pervinapo para elaborar el identikit del hombre de nariz respingada. Harta de esperar y sin consultar siquiera con la fiscal, Silvia Rey convocó al testigo y a un artista forense de la División Individuación Criminal. Al día siguiente, se dirigió al edificio de la calle Juncal y le hizo ver el identikit al portero y a la vecina que según Pervinapo había dejado entrar al sujeto. El portero no lo reconoció. La mujer, tampoco. «Es imposible, además; yo jamás dejaría entrar a un desconocido», aclaró. «Sí, seguro que no», pensó Silvia Rey. Después cruzó la calle y le tocó el timbre a la señora Escuderi. No hubo respuesta. Insistió, pero fue en vano. Entonces probó con la portería. El encargado salió a recibirla y al oír el nombre de la señora puso cara de velorio.

—La señora falleció el mes pasado —anunció.

–¡No me diga! ¿Qué pasó? –exclamó Silvia Rey.

–Un edema de pulmón.

«Ganaron las palomas», pensó la secretaria cuando volvía a su auto.

Ese mismo día le mandó el identikit a Carrucci. El subinspector le aseguró que lo circularía, aunque ella estaba segura de que lo iba a cajonear. Y así fue. Pasaron las semanas y la sensación de urgencia se fue disipando. Surgieron nuevos casos, nuevas víctimas, nuevos culpables, nuevos apremios.

Pero Silvia Rey no se olvidaba. La Fiscalía había recibido varias llamadas de Paniagua, el primo de Doliner, que Ana María invariablemente le pasaba a ella. Se había visto en la obligación de explicarle al hombre que el caso estaba temporariamente varado en un banco de arena. Eran explicaciones incómodas que nunca se acostumbraba a dar, pues si bien no faltaban a la verdad, eran la confirmación tácita de que el caso muy posiblemente nunca tuviese resolución. La presión de los familiares de las víctimas siempre corroía los nervios de la secretaria y suscitaba dilemas morales de todos colores. Pero este caso la había perturbado particularmente debido tal vez a la naturaleza excepcional de sus protagonistas. Por un lado, estaban las víctimas, el profesor chiflado y la prostituta enana, dos figuras tragicómicas, grotescas, marginales y, a la vez, en cierto modo entrañables –sobre todo Esmeralda–. Y por el otro, las tres incógnitas. La principal, Copito, un misterio resplandeciente. Las otras dos, el jefe (¿jefe de qué?) y el hombre de nariz respingada, sombrías, truculentas y tal vez inexistentes o irrelevantes. Con cada día que pasaba, el misterio del caso Doliner se fosilizaba bajo el manto de la impunidad cuya sombra, al menos en nuestro pobre país, siempre se alarga y nunca se acorta.

Esa tarde, cuando volvía a su casa, Silvia Rey se encontró nuevamente patrullando la ciudad a la pesca de un cuerpo blanco y reluciente en un mar de figuras negras, marrones y grises.

30

«Alerta meteorológico», anunció la voz en la radio. Silvia Rey se estaba arreglando para salir. Eran las siete menos diez y llegaba tarde. Su padre pronto estaría sentado charlando con el mozo, seguramente comentando la tempestad en puerta. Sin pausa pero sin prisa se maquilló y se lavó los dientes. Mientras se aplicaba el rímel, descubrió alarmada que le había salido un pelo en la barbilla. Se lo arrancó con la pinza de pestañas y lo observó un instante. Era negro, largo y grueso.

–Lo único que me falta..., barba de chivo como las brujas –dijo.

El tráfico estaba pesadísimo. El aire húmedo se impregnaba en la ropa y en los pulmones. El cielo parecía una nube compacta de humo pringoso que descendía lentamente sobre los edificios. Uno de esos típicos días infaustos de la primavera tardía. A mediodía se desataría un temporal que duraría doce horas, produciría un apagón masivo y haría desbordar las bocas de tormenta inundando varios barrios de la ciudad. A la mañana siguiente, saldría el sol y haría un día despampanante de jazmines y jacarandás.

Silvia Rey llegó a La Niña de Oro con veinte minutos de retraso. Su padre ya había desayunado y leía el diario. La saludó con indiferencia y le hizo un gesto al mozo para que trajera la lágrima en jarrito y las tostadas. Pero ella se interpuso.

—Carlos, hoy voy a cambiar, ¿sabés?

Francisco Rey y el mozo la miraron con sorpresa.

—Sí, dígame, doctora.

—Traeme un té con un chorrito de leche tibia. Y uno de esos vigilantes con membrillo y crema pastelera —pidió señalando la vitrina donde estaban las facturas.

—Sus deseos son órdenes —dijo el mozo.

—Epa —exclamó Francisco Rey—. ¿Es el fin del mundo? ¿Qué pasó?

—Si no es el fin del mundo le pega en el palo —dijo Silvia Rey indicando el cielo—. Estoy harta del café. Siempre viene quemado. Me da una acidez brutal.

—Estaba leyendo lo de los albinos y me acordé del tuyo, el taxi boy —dijo Francisco Rey.

—¿*Los* albinos? ¿Vos decís el chico albino que desapareció en Quilmes?

—Sí, el chico de Quilmes y esa otra chiquita en Wilde...

—A ver...

Silvia Rey le arrebató el diario. Mientras la secretaria leía, su padre hizo la glosa de la crónica.

—El chiquito sigue desaparecido. A la chica la quisieron secuestrar, pero les dio pelea y los ahuyentó. Le cortaron una mano. Terrible. Una chiquita de la Villa Itatí. La madre hizo la denuncia, pero no le dieron bolilla, obviamente, y la cuestión saltó recién ahora que están buscando a este otro chico. Se ve que hay un loco suelto que tiene algo con los albinos.

198

Magalí Mendoza, de doce años, había sido atacada en Wilde unos cinco meses atrás, en junio. Era de noche y estaba cruzando un paso a nivel cuando un auto se detuvo y desde el asiento del acompañante un hombre le ofreció llevarla a su casa. Ella se negó y siguió caminando, pero el hombre bajó del auto, abrió la puerta trasera e intentó forzarla a que entrase. Ella se resistió, pataleó y gritó hasta que alguien la oyó a la distancia y dio la voz de alarma. En ese momento, mientras el tipo la tenía sujetada contra el asfalto, el otro bajó del auto blandiendo un machete y le cortó la mano derecha. Uno de ellos guardó el miembro amputado en una bolsa de plástico y huyeron a toda velocidad justo cuando llegaban en su auxilio dos hombres en bicicleta. La niña recordaba bien las caras de sus atacantes y aseguró que se parecían. «Para mí que eran hermanos», dijo.

Cuando estuvo en el auto, Silvia Rey llamó a Carrucci pero no lo encontró. Decidió ir a buscarlo. En la comisaría le dijeron que acababa de salir a tomar un café con el inspector Sermonti.

—Están en El Unicornio Blanco —dijo el cabo que atendía en la mesa de entrada.

—Dichosos mis ojos, doctora, sientesé —exclamó el inspector cuando la vio entrar.

—Tanto tiempo, Sermonti. No puedo quedarme, estoy reapurada, pasé para hablar con el subinspector, ¿te lo robo dos segundos?

—Pero, por favor, robátelo, robátelo nomás. Mirá, sentate acá, yo me vuelvo que tengo que apagar setenta incendios —dijo, y terminándose el café de un trago se puso de pie y le ofreció la silla.

Carrucci la miraba con una expresión de indolencia que no llegaba a disimular del todo la intriga que le producía su aparición intempestiva. No se veían ni hablaban desde hacía más de un mes. Si bien no había vuelto a pensar en el caso Doliner, a menudo se le cruzaba por la cabeza Silvia Rey y sentía desazón y algo de remordimiento. Como si la hubiese defraudado, aunque no fuese culpa suya que el principal sospechoso no hubiese aparecido. No disponía ni del poder, ni de los móviles, ni de las fuerzas necesarias para lanzar una búsqueda masiva a nivel nacional. Las policías provinciales estaban avisadas. Gendarmería Nacional también. ¿Qué más podía haber hecho?

—El identikit, Carrucci. Eso podrías haber hecho. Tomártelo en serio. Nunca me diste bola. Ni siquiera sé si lo viste. ¿Lo viste? —lo apuró Silvia Rey.

—Claro que lo vi —se atajó Carrucci tratando de recordar en vano si en efecto lo había visto—. Pero, Silvia, no puedo poner a toda la caballería a buscar a alguien porque un vecino con delirio místico está convencido de que sabe quién es el asesino, ¿te das cuenta?

—Ese hombre fue visto en el edificio el día del asesinato, ¿de qué delirio místico me hablás? Igual no importa. No vine por eso. ¿Estás al tanto de los ataques contra chicos albinos en el conurbano?

Carrucci no sabía nada y la secretaria le hizo el resumen. El subinspector admitió que los paralelos con el supuesto ataque a Copito eran dignos de atención.

—¿Por qué decís «supuesto ataque»? Tanto Gachalá, que en paz descanse, como el encargado del hotel lo confirmaron —dijo Silvia Rey desafiante.

200

–Según Gachalá, el pibe dijo que le amputaron un dedo. Pero al encargado del hotel le dijo que se había cortado con una gubia. Vos das muchas cosas por sentado, Silvia. Te guía tu propia teoría sobre el caso y buscás confirmación. Yo me guío por la evidencia. No tengo teoría. Bueno, sí tengo, pero está basada en la evidencia y en la experiencia. El albino es un taxi boy que mató a su cliente. El clásico crimen de hombre solo en barrio de clase media. Más claro, echale agua.

–¿Y cómo explicás el hecho de que Doliner estuviese moviendo cielo y tierra para despacharlo a Ecuador? Lo mandó a un hotel para protegerlo y el chico va, lo tortura y lo mata, ¿por qué? Bueno, sabés qué, no importa eso ahora. El ataque que denunció la chica de Wilde es muy parecido al que describió Gachalá. Este otro chiquito, Nicolás, está desaparecido. ¿Y si a Copito primero le cortaron el dedo y después lo secuestraron? Hay que seguir de cerca esto. Yo voy a hacer algunos llamados por mi cuenta y te pido por favor que hagas lo mismo por la tuya.

–Suerte con los muchachos de la Bonaerense –dijo Carrucci.

–¿No lo vas a hacer, entonces?

–Es un chiste, Silvia, no te sulfures. Voy a averiguar. Tengo un amigo en Quilmes, de hecho.

Cuando salieron del bar, el subinspector la acompañó al auto. Caminaron en silencio bajo un cielo cada vez más pesado. Era como si la ciudad estuviese cubierta por una lona negra gigantesca que contenía mares de agua y estaba a punto de ceder. Carrucci sacó un paquete de caramelos Media Hora del bolsillo y le ofreció.

–No, gracias. ¿Qué es esa manía de los caramelitos, Carrucci? Todo el día rumiando como una vaca –indicó Silvia Rey en tono de maestra Siruela.

—Es lo único que me da algo de placer desde que dejé de fumar —explicó el subinspector.

Era posible que la desaparición de Copito estuviese relacionada con los dos casos en la zona sur, pensó Carrucci cuando volvía a la comisaría. Pero ¿por qué albinos? ¿Tráfico de partes humanas? ¿O algo de corte religioso, una secta? Un crimen ritual, por ejemplo. ¿Y si la gente que se dedicaba a raptar y mutilar albinos había matado al profesor por entrometido o porque sabía demasiado sobre ellos? La hipótesis no le resultó del todo implausible. Tal vez el caso Doliner se terminase resolviendo después de todo. Estaba a metros de la comisaría cuando estalló un trueno que hizo temblar los edificios. El cabo que estaba en la mesa de entrada salió al vestíbulo y asomó la cabeza para mirar el cielo.

—Van a caer soretes de punta —dijo Carrucci.

31

Para entender lo que pasó la madrugada del 27 de noviembre en el galpón de la calle Padre Bruzone, en Ezpeleta, hay que retroceder en el tiempo más de una década y viajar a Machinga, al pie de la meseta de Shire, en el sur de Malaui.

El año es 1985 y un joven ambicioso y despierto deja su aldea para ir a probar suerte a la gran ciudad. Se llama Innocent Banda y tiene un sueño: quiere ser rico. Se despide de su padre y de sus hermanos (su madre murió cuando era muy chico) con la promesa de volver y traer millones. Su padre tiene muy poco, pero le paga a un vecino para que lleve a su hijo a Blantyre. Y antes de despedirlo le da un consejo. Los lomwe, la mayoría étnica en Blantyre, son muy crédulos. «Busca a un hombre de negocios exitoso, el dueño de un restaurante, por ejemplo, dile que eres sangoma chewa del Monte Malosa y ofrécele tus servicios. Luego haz el muti que te enseñé, el de la raíz de zanha o el de la garra de mono».

El padre de Innocent era un practicante amateur de la medicina tradicional. Había aprendido un par de recetas de un brujo local y si se le presentaba la ocasión no dudaba en vendérselas a turistas y forasteros. Innocent sabía que era peligroso hacerse pasar por sangoma. Si alguien descubría el engaño podía ir preso o peor. Pero, apremiado y hambriento, tras varios días de buscar trabajo y de dormir en las calles de Blantyre, decidió presentarse en un restaurante ofreciendo curas y talismanes. El dueño resultó ser un sudafricano que usaba el local como fachada para un negocio mucho más rentable, el tráfico de personas. Innocent no había dicho ni tres palabras cuando el hombre se dio cuenta de que el muchacho tenía tanto de sangoma como de luchador de sumo. Pero, en vez de echarlo o denunciarlo, vio una oportunidad y lo contrató como lavaplatos. En poco tiempo, Innocent estaba haciendo envíos. Iba a Harare, a Quelimane, a Lilongwe; a veces, a Lusaka. Llevaba y traía. Traía y llevaba. En general, mujeres jóvenes. A veces, también niños.

Habrá pasado un año. Innocent ganaba buen dinero, pero pronto comprendió que si quería enriquecerse realmente era hora de cambiar de vida. Durante una entrega en Lilongwe había conocido a un congoleño que le habló de la fiebre del oro en Nyamongo, al norte de Tanzania. «Las calles están asfaltadas de oro», dijo. «Hasta los campesinos son ricos», aseguró. El hombre iba rumbo a esa zona y durante una larga noche de excesos intentó convencer a Innocent de que lo acompañase. El muchacho tomó nota mental y en el próximo viaje que hizo a Lilongwe le dijo a su acompañante que iba a comprar cigarrillos y desapareció. Llevaba consigo todos sus ahorros, unos doscientos dólares, y una mochila con algunas pocas pertenencias; más equipaje habría suscitado sospechas. Era consciente de que no podía volver jamás a Blantyre. Sabía que su jefe intentaría rastrearlo y que si lo encontraban era hombre muerto.

Hizo el viaje de casi dos mil kilómetros a pie, a dedo y en autobús. Le tomó diez días alcanzar la costa del lago Victoria. Cruzó el Parque Nacional Serengueti y llegó al poblado de Mrito, en el corazón de Nyamongo. Lo primero que encontró fue que las calles no estaban asfaltadas en oro, ni en piedra ni en nada. No había agua corriente, tampoco sistema de cloacas. Pero sí había minas de oro y sobraban los puestos de trabajo. Mientras el país se hundía en una crisis económica devastadora, allí se había formado una burbuja de prosperidad gracias a la proliferación de pequeños emprendimientos mineros administrados por los clanes locales. La abundancia del metal precioso atraía a hombres y mujeres de todos los rincones del continente como un faro de luz dorada con la promesa de un nuevo día. Innocent encontró trabajo en un santiamén. Y no tardó en darse cuenta de que no había manera alguna de hacer fortuna allí.

Fue en el fragor de las minas donde Innocent Banda conoció a Kelvin Dube, un zulú oriundo de Zimbabue que lo tomó bajo su protección y lo invitó a vivir con él. Kelvin era mayor que Innocent, tenía esposa e hijos y, además de su trabajo en la mina, practicaba la medicina muti. Innocent le habló de su padre, de la poción contra la infertilidad hecha con raíz de zanha y del talismán de garra de mono para enriquecerse en los negocios. Kelvin rio y dijo: «¿Quieres aprender muti de verdad? ¿Quieres ser sangoma?». Le propuso entonces que fuese su ayudante y se comprometió a instruirlo en el oficio.

Trabajaban en sus pocos días libres o por la noche. Kelvin educó a Innocent sobre los misterios del isikacathi, la curación con plantas, y le enseñó a preparar eméticos y ungüentos, analgésicos y laxantes. Tenía pocos pacientes, pero con el correr de los meses y gracias a la ayuda de Innocent consiguió aumentar su clientela. Los otros médicos tradicionales de Mrito detestaban a Kelvin –según él, por ser zulú–. Corría el rumor de que practicaba la magia negra. Una noche, un grupo de hombres liderado por uno de los médicos locales rodeó la choza donde vivían y les exigió que abandonaran la aldea. De no hacerlo, incendiarían la casa y quemarían vivos a todos. Al día siguiente, la familia se mudó a otra aldea. Innocent fue con ellos. Encontraron una choza más pequeña y humilde que la anterior. Dormían los cinco en un mismo ambiente. No muy lejos de allí vivía otra familia. El padre trabajaba en la mina con Kelvin e Innocent. Tenían tres hijos. Uno de ellos, el mayor, había nacido con albinismo oculocutáneo. Fue entonces cuando Kelvin inició a Innocent en el grado mayor de los misterios de su profesión.

«El albino no es humano», explicó el brujo una tarde cuando volvían de la mina atravesando el valle verde esmeralda. «El *zeru zeru* es un fantasma, una sombra de alguien que ha muerto y vuelve al mundo a través del vientre de una mujer viciosa que fornicó con un hombre de alma sucia. Como ya está muerto, no puede morir. El *zeru zeru* llega al mundo y crece y crece hasta que un día desaparece. No lo olvides: es imposible hacerle daño. Aun cuando lo golpeas y lo cortas, incluso si le arrancas la cabeza o si le sacas el cerebro, no sufre. Es una sombra. Su carne es espuma. Sus huesos contienen oro y puedes preparar encantos poderosísimos con ellos. También con su piel y su pelo. La lengua sirve para amuletos que traen buena suerte en los negocios. Las partes nobles cotizan mejor que nada. Con ellas haces talismanes para la fertilidad y la potencia sexual. El *zeru zeru* es el ingrediente más preciado, Innocent, es el oro del sangoma. Un menor de veinte años es ideal, te da el máximo poder.»

Kelvin le aseguró a su protegido que podían obtener hasta cincuenta mil dólares del cuerpo de un albino. A Innocent le brillaron los ojos. Se comprometió a ayudarlo a cambio de un cincuenta por ciento. Veinte, ofreció Kelvin. Veintiocho, negoció Innocent. Acordaron en veinticinco. Planearon el rapto y decidieron en primer lugar mudarse. Habría sido imposible mantener el secreto viviendo a dos casas de distancia. El mes siguiente, Innocent, Kelvin y su familia volvieron a levantar campamento y se instalaron en Ngenge. Dejaron pasar un tiempo prudencial y una mañana le pidieron prestada la camioneta a un vecino y viajaron hasta la aldea donde vivía el albino. Acecharon la casa desde la ruta durante horas hasta que lo vieron salir solo. Innocent lo conocía. Le hizo señas para que se acercase. Tenía que subir un mueble a la camioneta y necesitaba ayuda, dijo. Cuando el niño se acercó, Kelvin, que esperaba agazapado, lo desmayó de un garrotazo en la cabeza. Entre los dos lo amordazaron, lo envolvieron en una manta, lo cargaron en la batea y regresaron a Ngenge.

Cuando cayó la noche, se dirigieron a una casilla derruida que habían descubierto en una mina abandonada. Un sitio ideal para montar el consultorio. Hicieron bajar al chico, que ya estaba semiconsciente y sollozaba. Kelvin le vendó los ojos, lo hizo arrodillar y le acarició la cabeza. Lo degollaron sobre una palangana para no desperdiciar la sangre. Luego lo descuartizaron y lo descarnaron. Hicieron una hoguera para disecar la piel, limpiaron los huesos y los guardaron en bolsas; arrojaron la carne en un estercolero para que se la disputasen los buitres y las hienas. La lengua, los ojos, los genitales y el cerebro fueron preservados en cloroformo. La sangre, en un bidón con una medida de anticoagulante. Innocent en ningún momento sintió asco ni pena ni pudor.

Conseguir clientes fue más complicado de lo que Kelvin esperaba. Pasaron dos meses y solo habían vendido la lengua, una mano y el cuero cabelludo. Un día, al volver de la mina, Kelvin vio una turba enardecida en la puerta de su casa. Debió de haber comprendido inmediatamente lo que estaba sucediendo, pero no atinó a huir. Si fue para proteger a su familia o si se trató de esa variante fatídica de la resignación que en ocasiones toma posesión de los seres animados y los conduce sumisos al muere, es imposible saber. Llegó hasta su puerta y fue inmediatamente derribado de un puñetazo. Era el padre del albino. El rumor había llegado a través de un minero que conocía a quien había comprado el amuleto hecho con la mano del chico. El brujo murió vociferando injurias bajo una lluvia de piedras, palos y patadas. Su mujer y sus hijos fueron obligados a presenciar el espectáculo. A continuación, dos hombres dieron fuego a la choza. Innocent volvía de la mina y divisó las llamas en la distancia. Al ver el gentío y el tumulto, huyó despavorido. Antes de dejar la aldea, pasó por la casilla y se llevó el dinero recaudado hasta el momento (unos dos mil dólares), más una bolsa con fragmentos de piel y huesos.

Caminó durante dos días hasta llegar al poblado de Kanyambogo, donde encontró una camioneta que lo llevó hasta Mutukula, en la frontera. Cruzó a Uganda a pie y al día siguiente el ocaso lo encontró reclinado sobre una reposera tomando cerveza junto a la piscina del Hotel Belvedere, en Kampala. Pasó dos años en Uganda, donde se estableció como médico brujo. Vendió todos los restos del chico salvo un dedo índice. Había unido las tres falanges con un alambre y llevaba el artefacto siempre consigo, su amuleto de la suerte. Ganó una clientela si no abundante, al menos digna y, sobre todo, de confianza. Amasó una discreta fortuna. Se compró un departamento. Adoptó un gato y lo bautizó Kelvin, en honor a su infortunado maestro.

Pero Innocent no quería prosperidad. Anhelaba lujo, sobreabundancia, derroche. Entre sus pacientes estaba uno de los mayores traficantes de heroína del país. El hombre le abrió sus puertas al negocio e Innocent no se pudo contener. Invirtió, almacenó, vendió. Seis meses más tarde lo arrestaron. Fue condenado a cadena perpetua y perdió todo, salvo su amuleto de la suerte, que llevó consigo a la cárcel enterrado en lo más recóndito de su cuerpo. Luego de tan solo siete meses se escapó junto con otros dos facinerosos; una fuga de la que se habla todavía hoy en la perla de África.

Lo que siguió fueron años de sangre y de plomo. Fue sicario en Nairobi y proxeneta en Mombasa. Contrabandista de armas en Mogadiscio y traficante de personas en el puerto de Dar es Salaam. De allí se vio obligado a huir cuando se enteró por casualidad (aunque Innocent lo atribuyó a la influencia benéfica de su amuleto) de que una banda rival le había puesto precio a su cabeza. Viajó como polizón en un superpetrolero hasta Durban, donde intentó empezar una nueva vida practicando la medicina muti. Sin dinero y sin contactos, pasó meses de penurias viviendo en la indigencia, comiendo basura y durmiendo en la calle. Sopesó la idea de un regreso a casa, a Malaui. Pero antes que volver con las manos vacías, vencido y humillado, prefería la muerte. Contempló el suicidio. Y estuvo a punto de intentarlo, pero había algo en su interior que le decía que todavía no, que no todo estaba perdido. Ese algo en su interior, pensaba Innocent, tenía un correlato material en el amuleto, el dedo índice del chico albino que lo guiaba y lo cuidaba. En los momentos de mayor desazón, apretaba el dedo en su mano derecha y pronunciaba una plegaria chewa.

Un día, mientras vagabundeaba por el puerto a la pesca de una changa como estibador, vio un cartel que le cambió la vida. Una compañía naviera china buscaba tripulantes. Tuvo que conseguir un pasaporte. No fue fácil. Le tomó varias semanas de menudeo de droga juntar el dinero, pero lo consiguió. Y el último día de 1991 zarpó rumbo a Buenos Aires. Al desembarcar en la ciudad sobre el mar dulce, tuvo la fortísima intuición de que había llegado al lugar que le estaba destinado. Cuando el barco partió en dirección sur, hacia el estrecho de Magallanes, lo hizo con un tripulante menos.

Argentina fue generosa con Innocent Banda. Se insertó rápidamente en la minúscula comunidad africana. Compartía una habitación con cinco hombres en un conventillo y se ganaba la vida vendiendo chucherías en el Once. Había una señora de unos sesenta años que todos los días le compraba algo. Un encendedor hoy, aspirinas mañana; un llavero con minilinterna, un paquete de chicles, ballenitas. Un día le llevó un sándwich. Otro, lo invitó a almorzar con ella a su negocio; tenía una tienda de ropa. Decir que no los unió el amor sino el espanto sería cinismo. Afirmar que se enamoraron sería pecar de sensiblería. Se juntaron, satisficieron necesidades mutuas, se hicieron compañía. Ella, Margarita, lo llevó a vivir a su casa, le dio trabajo en su negocio y le enseñó español. Él fue el primero en tocarla después de años, desde la muerte de su marido. Al cabo de un tiempo se casaron.

En Bernal, donde vivían, el flamante matrimonio dio que hablar. Algunas amigas de Margarita se escandalizaron. A otras, «el negro», como lo llamaba ella cariñosamente, les parecía un encanto. Vivieron una vida tranquila hecha de rutinas y pequeños rituales domésticos. Tenían un perro y dos autos. Innocent, por primera vez desde su partida, restableció contacto con su padre en Machinga y empezó a mandarle dinero mensualmente. Planeó hacer una visita a su tierra para presentar en sociedad a su mujer, pero pasaron los años y el viaje se postergaba y se postergaba.

Una noche, Margarita se cayó redonda al piso mientras cocinaba. Innocent la llevó al hospital. La mujer tenía un tumor en el cerebro del tamaño de una pelota de tenis. Los médicos comprobaron que era imposible extirparlo sin cercenar una arteria. Margarita nunca recobró el conocimiento y murió al poco tiempo. Dejó a Innocent dueño de un chalet en Bernal, un negocio de ropa en Once y un galpón en Ezpeleta que hasta entonces se había usado como depósito de mercadería.

Solo, acaudalado y mal asesorado, Innocent Banda no tardó en desgraciarse. Primero vendió el local en Once e invirtió en un negocio de importación de ropa deportiva que prometía fortuna pero que terminó siendo una estafa. Y, dado que el zorro pierde el pelo pero no las mañas, el hombre empezó a frecuentar tugurios y a hacer buenas migas con gente mala. Se involucró con un narcotraficante de la zona sur a quien le ofreció su casa como centro de operaciones a cambio de una tajada del negocio. En poco tiempo tenía a una pandilla de energúmenos viviendo con él. Lo maltrataban, lo denigraban y de ganancia no recibió jamás ni tajada ni mendrugo. Incapaz de deshacerse de ellos, un día abandonó la casa y se mudó al galpón. Fue entonces cuando, desesperado, tuvo la idea de volver a sus raíces y ofrecer sus servicios como médico tradicional africano. Para sorpresa suya, la empresa dio frutos. Varias amigas de su difunta esposa se interesaron, lo recomendaron y no tardó en hacerse de una reputación como curandero en la zona sur. Medicina tradicional africana con hierbas, curas vegetales y caseras contra la artrosis y la osteoporosis, remedios contra la impotencia sexual, la calvicie, el insomnio y otros males del alma. Todo esto ofrecía Innocent Banda.

Hacia fines de 1997 contaba con una clientela nutrida y había vuelto a tener un buen pasar. La casa en Bernal había quedado destruida durante una redada y recuperarla era una pesadilla legal. Había acondicionado el galpón y allí vivía y atendía a sus pacientes. Siempre ambicioso, decidió expandir el campo de operaciones y empezó a vender amuletos de la suerte y pociones de amor. De ahí a la provincia borrascosa de la magia negra había un paso muy corto. Un cliente le pidió que destruyese a su principal competidor. Otro quería deshacerse del marido de su amante. Innocent Banda se ocupó. Estos servicios eran los más lucrativos y el brujo se engolosinó. El paso siguiente fue el «cultivo» de partes humanas. Tenía dos ayudantes, Ariel y Gabriel Cornejo, hermanos gemelos, cocainómanos perdidos e integrantes de la barra brava de Temperley. Les compró un Fiat Duna y los mandó a rastrillar la zona sur de la noche a la mañana en busca de chicos de la calle. Por lo general cosechaban partes. Usaban cuchillo y machete. Una mano. Un pie. Un mechón de pelo. A un chico de once años en Florencio Varela le cortaron la lengua. En una ocasión, le llevaron el cuerpo entero de una niña de siete años. Se les había muerto en el auto, dijeron.

Innocent disecaba los trofeos, o los usaba para hacer brebajes y ungüentos que vendía a algunos clientes selectos. Uno de ellos, el propietario de una cadena de maxikioscos con locales en todo el conurbano, era particularmente ávido y supersticioso. El brujo tuvo una idea. «No hay ingrediente más potente y efectivo en toda la medicina muti que el *zeru zeru*, el albino», le confió al ricachón durante una consulta. El hombre quiso uno a toda costa. Cinco mil dólares por un amuleto hecho con una mano, ofreció Innocent. El hombre aceptó y pagó por adelantado. Ahora había que encontrar un chico con albinismo. El brujo instruyó a sus esbirros y les encomendó la tarea costase lo que costase. Preguntando en los asentamientos más humildes de la zona, los hermanos Macana (así les decían) se enteraron de que en Villa Itatí vivía una chiquita albina. Era preferible el cuerpo entero, pero por ahora con una mano bastaba, les había dicho Innocent.

El magnate de los maxikioscos atribuyó una racha afortunada en los negocios a la posesión del amuleto. Le recomendó los servicios de Innocent Banda a un amigo y este a otro. De este modo, fue aumentando la demanda de partes de *zeru zeru*. Y así fue como apareció en escena Copito. Un conocido de los hermanos Macana sabía de un taxi boy albino que paraba en plaza Garay. Lo fueron a buscar y lo siguieron hasta donde vivía. Incapaces de secuestrarlo, le cortaron un dedo. Al tenerlo en sus manos, el brujo percibió que emanaba una fuerza inusual. «Esto es oro puro», dijo. Disecó la extremidad, enhebró las falanges con hilo de cobre y le vendió el amuleto a uno de sus clientes más exigentes, un representante de futbolistas. Luego mandó a los hermanos a que le trajesen al muchacho entero.

«Y esta vez no fallen», advirtió.

Fueron tiempos de vacas gordas para el brujo y sus secuaces. Hasta que un día los hermanos Macana cometieron el error que marcaría la suerte de los tres. Un mañana, en Quilmes, vieron a un chico albino que iba solo y lo raptaron. Resultó que se trataba del hijo de un dirigente sindical con enorme influencia. Toda la policía de la zona sur colaboró en la búsqueda, y un informante en Villa Corina, que sabía que los gemelos se paseaban por los asentamientos de la zona buscando albinos, indicó en la dirección correcta.

El acto final se desarrolló la madrugada del 27 de noviembre en el galpón de Ezpeleta. Ariel estaba mirando la televisión y escuchó llegar a la caballería. A Innocent Banda lo despertaron los primeros disparos. Cuando la policía derribó la puerta, Ariel ya estaba muerto. Al oír los pasos adentro del galpón, el brujo, que se había escondido en la ducha, vació el cargador de su 45. Lo acribillaron a través de la cortina de baño. Quedó envuelto en ella, triste mortaja de plástico, con los ojos abiertos y la boca congelada en una mueca de sátiro que parecía una sonrisa. En el bolsillo del pantalón del pijama tenía el amuleto de huesos, el dedo bendito de aquel niño de Nyamongo.

Gabriel, que se salvó porque estaba durmiendo en lo de su novia, fue detenido una semana después cuando intentaba cruzar al Paraguay. Varios clientes del brujo también cayeron. El magnate de los maxikioscos y sus amigos, sin embargo, eludieron misteriosamente el radar de la policía y siguieron adelante con sus vidas opulentas.

32

El caso del curandero africano fue una bomba mediática. En las semanas que siguieron al pandemonio en Ezpeleta, la búsqueda del gemelo prófugo y el descubrimiento de restos humanos en el galpón monopolizaron la conversación desde Ushuaia hasta La Quiaca. La noticia cruzó las fronteras. No bien trascendió la identidad del brujo, el embajador de Malaui ante Brasil viajó a Buenos Aires en un intento de limpiar la imagen de su país. La persecución de personas con albinismo y el uso de sus cuerpos para hacer amuletos y preparar pociones era un flagelo que azotaba a varias naciones de África Central, declaró en conferencia de prensa. La medicina muti es una tradición milenaria que utiliza plantas, hierbas y raíces, aclaró, no es brujería y mucho menos se relaciona con el sacrificio de personas. «Muti tiene como objetivo preservar a vida humana, não destruirla», exclamó con indignación. El dignatario lamentaba profundamente que su país se hiciese fama en el Cono Sur por algo tan sórdido. «Innocent Banda se chama también um poeta filho de padres malauíes; quero leeros unos versos suyos y pediros que no nos vinculéis con este asesino depravado, mais con aquel gran artista da palabra», dijo, y concluyó su intervención con la lectura de un poema en inglés que los periódicos luego reprodujeron en traducciones calamitosas o que sencillamente omitieron.

El informe forense determinó que los restos humanos encontrados en el galpón (huesos, cabello, piel, una lengua en cloroformo y un pene disecado) pertenecían a, al menos, cinco individuos. La familia de Nicolás González y la niña mutilada en Wilde aportaron material genético para las pruebas de ADN. Hubo coincidencia con el ADN proporcionado por los González, pero no con el de la niña. Los investigadores supusieron que la mano de ella había sido vendida. La pesquisa se centró entonces en la red de clientes del brujo. Hubo arrestos y allanamientos. En una casa en Bernal, propiedad de una amiga de la mujer de Banda, se encontró un artefacto con forma de nunchaku hecho con una tibia y un fémur. Un conocido dentista de la zona fue detenido mientras intentaba deshacerse de una calavera llena de hilachas de piel y mechones de pelo.

Mientras tanto, la opinión pública celebraba un carnaval de morbo. El cóctel de brujo africano, sacrificios humanos, albinismo y clientes adinerados era una fuente inagotable de noticias, comentarios, análisis, parodias y teorías conspirativas. Psicólogos, sociólogos y opinadores de toda laya se pasearon por los medios cacareando sobre el horror de Ezpeleta. Predominaba desde luego la interpretación socioeconómica: los crímenes y el tráfico de partes humanas eran la ilustración más brutalmente literal de cómo la clase alta explota a la clase baja. Un antropólogo escribió una columna en el periódico argumentando que los ataques contra albinos debían entenderse como «ceremonias correctivas» cuyo fin era enmendar la historia; matar al «blanco» para restituir la dignidad a los pueblos oprimidos del África. Se habló de biopolítica y de la marca indeleble del colonialismo. Corrieron rumores sobre la existencia de una logia secreta que tenía como integrantes al mismísimo presidente de la Corte Suprema y a dos ministros, y en la que el brujo malauí y sus esbirros eran meros peones. Un falso testigo, que aseguraba haber sido miembro de la «secta», apareció en televisión contando historias de canibalismo y de ofrendas de sangre al dios Unkulunkulu. Un historiador de las religiones publicó una columna de opinión titulada «Aunque la mona se vista de seda» en la que, detrás de la trama macabra, vislumbraba resabios de una sensibilidad atávica, una propensión supersticiosa, animista, homicida y caníbal que acecha en estado de vida latente bajo capas y capas de civilización y de la que el género humano no podrá deshacerse jamás por más que lo intente. Hubo también sketches alusivos en programas cómicos que suscitaron risotadas e indignación en igual medida. Y no faltaron los chistes soeces con el apodo de Innocent Banda que, según trascendió, se hacía llamar Kalonga («jefe» en chichewa). Va de suyo que Kalonga y los hermanos Macana entraron automáticamente en los anales del folklore urbano.

En medio de todo este alboroto, Silvia Rey intentaba esclarecer el caso Doliner. Quería determinar si Copito había sido una de las víctimas de Banda y si el profesor de biología lo habían asesinado los hermanos Cornejo. Se puso en contacto con el fiscal que entendía en la causa. Le hizo un resumen del caso que la tenía a maltraer. Tal vez se tratase de un mismo imputado, dijo en referencia a Gabriel Cornejo, que por entonces seguía prófugo. El fiscal se comprometió a poner a disposición de la fiscalía de Ana María Rovigo todo el material que fuese necesario.

Al ver las fotos de Ariel, el gemelo muerto, Silvia Rey constató que se parecía al identikit hecho a partir del testimonio de Pervinapo tanto como un oso panda se parece a un pterodáctilo. La nariz de Cornejo era gruesa y ganchuda, tipo pico de loro, y tenía pelo enrulado. Había dos opciones, o bien Banda tenía otro acólito, o bien el crimen de Doliner no estaba relacionado con el caso del brujo.

–Hay una tercera opción, Silvia –dijo Ana María–, que ese identikit sea cualquier cosa.

Gabriel Cornejo fue trasladado a Buenos Aires después de su detención en Puerto Iguazú y Silvia Rey pidió asistir a la declaración indagatoria. Llamó a Carrucci y lo invitó a que la acompañase. Sintiéndose en deuda, el subinspector accedió. Cuando la secretaria le dijo a Ana María que iría a Quilmes, Martín, a quien el caso de Banda lo tenía fascinado, quiso ir con ella. La fiscal les dio el visto bueno, aunque el asunto la irritaba bastante. No creía que el caso Doliner llegase a esclarecerse, aunque el principal sospechoso o lo que quedaba de él fuese identificado en la carnicería del brujo.

La indagatoria tuvo lugar la mañana del 6 de diciembre en la Fiscalía Federal de Quilmes. La entrada al edificio estaba taponada por un enjambre humano formado por periodistas y vecinos curiosos que esperaban la llegada del detenido. Silvia Rey, Carrucci y Martín se escurrieron trabajosamente entre el gentío y los recibió en el hall central el fiscal, que los escoltó hasta el recinto. Hacía calor, el aire acondicionado no funcionaba y habían abierto las ventanas. De pronto se escuchó un griterío. Había llegado Cornejo y la gente estaba enardecida. Hubo gritos, refriegas, insultos, empujones. Cuando se abrió la puerta del recinto y entró el detenido, su presencia brutal intimidó a la concurrencia, que hizo silencio. No volaba una mosca.

Hiperquinético, Gabriel Cornejo negó toda culpabilidad en los homicidios con respuestas cortas y desafiantes. Tampoco proporcionó información sobre la identidad de los muertos. Había levantado un muro alrededor de sí y las preguntas le rebotaban como canicas sobre un piso de loza. Sin titubeos ni reparos volcó toda la culpa sobre su hermano. Aceptó que había trabajado como chofer de Innocent Banda, pero aseguró que era su hermano quien había formado un vínculo estrecho con el brujo.

—Se pasaba el día en el galpón, estaba como loco con el negro ese.

Cuando el fiscal lo presionó acerca del testimonio de la chica mutilada en Wilde, Cornejo negó todo. No había sido él. Jamás le había cortado la mano a nadie.

—Yo no hago esas cosas. Alguna que otra roña en la cancha, cosas del fulbo —dijo.

Su prontuario le daba la razón. Tenía antecedentes por agresión física y por venta de drogas, pero eso era todo. Respecto de si había salido a buscar jóvenes con albinismo en barrios carenciados de la zona, admitió que una vez había acompañado a su hermano a hacer unos mandados y que Ariel le había preguntado a un tipo si conocía algún albino. Aseguró que no sabía nada del presunto interés que su hermano e Innocent Banda pudiesen haber tenido en personas con albinismo.

Silvia Rey había acordado con el fiscal un par de preguntas. Cuando llegó su turno, Cornejo la trató con displicencia y evitó hacer contacto visual. No, jamás había visto ni a Copito ni a Doliner, declaró cuando le alcanzaron las fotos.

—¿Copito por el gorila blanco del zoológico de Barcelona? —quiso saber el fiscal.

A continuación, la secretaria le enseñó al detenido el identikit del hombre que había visto Pervinapo. A Cornejo ese rostro tampoco le sonaba. El reo no dejó en ningún momento de rumiar un bocado imaginario ni de agitar la pierna como baterista enajenado dándole al pedal del bombo.

—Está más duro que..., ¿cómo era? —le preguntó Silvia Rey a Carrucci por lo bajo cuando hubo concluido su interrogatorio.

—Más duro que sánguche de tortuga —respondió el subinspector.

Silvia Rey no pudo contener la carcajada y atrajo hacia sí un concierto de miradas reprobatorias.

—Pero ¿de dónde sacó la merca? Si está detenido hace varios días... —dijo en un susurro Martín.

—Mi vida... —dijo Carrucci mirándolo con ternura.

Silvia Rey notó que Carrucci tenía puesta la alianza y más tarde lo comentó con Ana María.

—Se habrá arreglado con la mujer —dijo la fiscal—. Bueno, ¿y ahora?

—Hay que ver si las muestras de ADN que tenemos de Copito coinciden con alguno de los restos que encontraron —respondió Silvia Rey.

—Entiendo. Pero ¿y si coinciden qué? No estamos investigando la posible muerte del tal Copito. ¿Quién mató a Doliner? Seguimos en la misma, ¿te das cuenta?

Silvia Rey se daba cuenta.

En el informe de Patología Forense, la secretaria había leído acerca del amuleto encontrado en el bolsillo del pantalón pijama de Innocent Banda, las tres falanges de un dedo índice unidas con un alambre. Le pidió al fiscal que ordenase una muestra de ADN para cotejar con el material genético extraído de los pelos encontrados entre las pertenencias de Copito.

Esa tarde, al llegar a su despacho, se comunicó una vez más con la policía riojana. En los meses precedentes habían sido de poca ayuda. Cada vez que llamaba, le aseguraban que estaban en alerta ante la posible aparición del tal Adán Fernández, alias Copito, y que tenían anoticiadas a todas las comisarías de la provincia. Le prometieron también que mandarían una patrulla a Licópolis para hablar con la familia, que, sin teléfono ni conexión a internet, vivía aislada del mundo. Si habían enviado la patrulla o no era algo que Silvia Rey no conseguía corroborar. Sus llamadas a la fiscalía tampoco habían rendido frutos. En cualquier momento le urgiría obtener una muestra de ADN del padre o de la madre del muchacho para una potencial identificación de restos humanos.

Como de costumbre, la tuvieron en espera, y cuando finalmente logró hablar con el subcomisario, el hombre le dijo que no tenía a nadie para mandar a recoger una prueba de ADN y que tenía que dirigirse a la gobernación. Los intentos sucesivos por comunicarse con la gobernación fueron en vano.

Esa noche, comió en casa de Esteban Solari. Pidieron una pizza, tomaron cerveza y vieron una película italiana de los años sesenta cuyo nombre Silvia Rey no logró retener. Era en blanco y negro. Le costó seguir la trama y más tarde, en la cama, cuando Solari quiso intercambiar impresiones sobre el film, adujo que estaba cansada y que necesitaba dormir. Pero no tenía sueño. Estaba ansiosa. Le dolía el estómago. «El gas de la cerveza, toda esa harina y ese queso derretido», pensó asqueada. En el desasosiego de la duermevela repasó mentalmente todas las hipótesis sobre el crimen de Doliner. A dos semanas de que terminase el año, el caso daba sus últimos coletazos como una ballena encallada.

33

–Y están seguros... –dijo Silvia Rey.

–Están seguros. No hay match –confirmó Martín.

–¿Cotejaron con las otras muestras?

–No, solo con el dedo. Vos habías pedido el dedo nomás.

–Sí, ya sé. Cuando llegue a la oficina los llamo. Nos vemos en un rato.

Cerró el celular y le dio un sorbito al té con leche. Era 20 de diciembre, la antesala de la canícula, el inicio de la estación deprimente.

Silvia Rey cavilaba intranquila. Al cruzarse con la mirada curiosa de Francisco Rey, le explicó. Estaba convencida de que las tres falanges encontradas en el bolsillo de Innocent Banda eran del dedo que le habían amputado a Copito, pero no. Su padre era optimista, sin embargo.

–¿Cuántos cazadores de albinos pueden haber estado dando vueltas por la ciudad al mismo tiempo? –exclamó llamando la atención de una pareja que estaba sentada en la mesa de al lado.

–No grites, papá –lo retó su hija, y se levantó para ir al baño.

Cuando volvió a la mesa, su padre le estaba contando un chiste a Carlos, el mozo, que festejaba con su risita de Pájaro Loco. Claramente era algo de corte soez porque apenas vio a su hija el hombre calló. Silvia Rey alcanzó a escuchar «Kalonga», el *nom de guerre* de Innocent Banda, y dedujo el resto.

—No seas vulgar, papá. Van a pensar que tenés demencia senil.

—Pero dejate de embromar. Comentábamos un chiste que hicieron anoche en *Polémica en el bar*.

—Sí, me imagino.

—Hablando de Roma, Silvita, tengo una duquesa. Tema: el sexo de los patos. Inusual, ¿no? Excepcional, te diría. ¿Alguna vez se te ocurrió pensar en la vida sexual de los patos? ¿No? A mí tampoco. El sábado leí un artículo en *Muy Interesante* sobre el pene del pato, que, al parecer, es el más largo del reino animal. De hecho, el pato mejor dotado entre los patos (y esto quiere decir el vertebrado con el pene más grande en relación con su tamaño, más que el burro, más que el cachalote, etcétera), bueno, ese pato es argentino. Cordobés. *Malvasía argentina* se llama la especie. Cuarenta y dos centímetros. Está en el *Libro Guinness*. Orgullo nacional de los ornitólogos locales y no solo... Cuestión que el sábado leí eso y ayer, en el lago frente al golf, fijate que voy y me topo con dos patos copulando, que es algo que nunca había visto en mi vida. ¿Qué me contás?

Silvia Rey objetó que su padre sabía muy bien que en ese lago había patos. Era una duquesa inducida.

—Pero voy todos los domingos, no es que fui *ex profeso* —retrucó Francisco Rey.

—Quizá lo que hiciste *ex profeso* fue leer esa nota sabiendo que al día siguiente ibas a ver patos —argumentó su hija.

–Aparte, Silvita, una cosa es patos y otra muy distinta es sexo de patos. Yo sé que en el lago hay patos, pero ¿cómo puedo anticipar que justo voy a ver a dos reproduciéndose?

–No seas chanta, papá –dijo Silvia Rey, y pasó a un tema que la apremiaba: la Nochebuena en casa de María Rosa, la prima de su padre.

Qué llevar, qué no llevar, los regalos para los nietos de María Rosa y demás. Se dividieron las tareas. Francisco se comprometió a reservar el remís ese mismo día. Para la ida y –más importante– para la vuelta.

–A las doce y veinte, a más tardar y media, decile.

–Pero sí, m'hija. No estoy gagá. Me acuerdo.

De camino a la fiscalía, Silvia Rey intentó armar el rompecabezas. A partir de los restos encontrados en el galpón y en una serie de allanamientos, los patólogos habían logrado identificar a tres de las víctimas del brujo. Nicolás González, el chico secuestrado en Quilmes, era una. Su cuerpo entero había sido hallado adentro de un barril. Una niña de siete años que había desaparecido el año anterior, varios de cuyos huesos habían sido hallados en la casa del dueño de una inmobiliaria en Avellaneda, era la segunda. Y un niño de once años al que le habían cortado la lengua en un terreno baldío de Florencio Varela, la tercera. Los investigadores encontraron la lengua en la cocina del brujo, en un frasco de conservas que contenía miel, una pequeña cruz de madera de sándalo y clavos de olor. Por otra parte, la chica albina mutilada había reconocido al detenido como uno de sus agresores. El chico sin lengua, también. Pero quedaban varios grupos de restos sin identificar; el dedo encontrado en el pantalón de Banda,

225

los huesos en posesión de dos clientes (el nunchaku de huesos, y la calavera llena de pelo y de piel provenían de una misma víctima) y un surtido de huesos y piel encontrados en bolsas de consorcio debajo de la cama del brujo. De la mano amputada a la chica en Wilde no había rastro.

Al llegar a su despacho, Silvia Rey llamó al jefe del equipo forense y pidió que cotejaran el material genético de Copito con el ADN extraído de los otros restos. La secretaria sospechaba que el jefe del que había hablado Gachalá era Banda, cuyo apodo en su lengua materna significaba «jefe». Fue a ver a Ana María.

—Bueno, creo que ya lo tengo —empezó la secretaria.

La fiscal la escuchaba con cara de fastidio.

—Es posible que el brujo inicialmente haya contratado a Copito para celebrar algún tipo de rito estrambótico. Magia sexual, quizá. Orgías. Cuando empezó a usar partes humanas en su práctica, el chico se asustó y se alejó. Pero sabía demasiado. Banda primero mandó a que le cortasen un dedo como advertencia. Finalmente lo hizo secuestrar y lo mató. Se deshizo del chico y sacó rédito de la venta de sus restos. Dos pájaros de un tiro. De haber sido así se refuerza la hipótesis de la conexión con el asesinato de Doliner.

—¿Por qué? ¿Qué tiene que ver Doliner? No entiendo —objetó Ana María.

—Copito confiaba en Doliner. Le contó cosas sobre Banda. Doliner era un tipo bastante temerario y muy paranoico. Acordate del incidente con el húngaro.

—O tal vez Doliner se alió con el húngaro, que tenía experiencia combatiendo a estos brujos africanos que matan albinos. Vos deberías haber sido guionista de cine.

—¡Tenés razón! El húngaro había mencionado a estos brujos africanos. Me había olvidado por completo —exclamó Silvia Rey.

226

—Estás cansada, tesoro. No paramos hace meses. Necesitás vacaciones. ¿Cuándo te vas a Brasil?

Sin prestarle atención, la secretaria siguió:

—Doliner quería mandar a Copito a Ecuador para protegerlo de Banda. Después del ataque lo lleva al hotel. Quién te dice que no fue a buscar al brujo para amenazarlo. Como sea, el brujo manda a uno de sus matones para obligarlo a revelar dónde estaba Copito. Doliner se resiste y lo matan. El sicario bien puede haber sido uno de los hermanos Macana.

—¿Y el bendito identikit, entonces? —presionó Ana María.

—Pervinapo se equivoca. Ese tipo al que vio en su edificio no tiene nada que ver con nada. Es la intuición de un adolescente. No sé cómo pudimos habérnosla tomado tan en serio.

—Vos te la tomaste en serio, Silvia. Carrucci y yo te dijimos que era un disparate. Y ahora estás tejiendo otro delirio. ¿Cuándo es que te vas a Brasil?

—El 31.

—¡Ya! ¿Por qué no te tomás el día mañana y el miércoles, y empalmás directamente con las vacaciones? Este caso está finiquitado, Silvia. A Doliner lo mató el albino. El típico crimen del taxi boy. Sabía que el profesor escondía una pequeña fortuna en algún rincón de la casa, lo torturó y después le pegó un tiro. El resto, el brujo, los hermanos Macana y la mar en coche, no nos compete a nosotros, por suerte.

—No hay evidencia, Ana María.

—¡Dos testigos confirmaron que el profesor se veía con el albino! Lo llevaba a su casa. No necesito más que eso.

—Dos testigos que hoy están muertos, mirá vos. Y sabés que no es suficiente.

—El asesino está muerto, no hay que elevar a juicio.

—Necesitamos confirmación genética de que Copito está muerto.

—Entonces andá a conseguírmela. ¡Y no me rompas más las pelotas!

En su despacho, Silvia Rey se sacó las sandalias, se sentó en el piso en posición de loto y se frotó las plantas de los pies. Cerró los ojos. Respiró hondo. Cinco minutos hasta aterrizar nuevamente en su propio cuerpo. Cuando se hubo relajado, llamó a la comisaría de Nonogasta, en cuya jurisdicción está el poblado de Licópolis. Habló con un tal Méndez. Le pidió que mandase una patrulla al pueblo y que citase a declarar a los padres de Adán Fernández. Habían encontrado restos humanos y tenían motivos para creer que se trataba del chico, explicó. El oficial se comprometió a ocuparse él mismo. Silvia Rey sabía que no lo haría, pero le dio las gracias y volvió a los expedientes. Ni se le cruzaba por la cabeza tomarse la semana, como había sugerido Ana María.

34

La tarde del 23 de diciembre, Silvia Rey volvía de la fiscalía y escuchaba la radio. Había un tráfico endiablado. «La última semana del año, del siglo, del milenio», pensó. Claro que no lo era. Al milenio le quedaba un año más. Innocent Banda había convencido a sus clientes de que la inminencia del milenio era propicia para mejorar la suerte en el amor y en el dinero, para asegurarse larga vida mediante pociones, remedios, ungüentos y amuletos.

No dejaba de azorarla el hambre de fantasía que tiene la gente, la fascinación ante la posibilidad de lo sobrenatural, la voluntad de creer cualquier cosa que confirme que el universo tiene sentido y que, de paso, prometa un beneficio. El pensamiento mágico es el modo natural del espíritu humano, estaba convencida. El pensamiento racional, en cambio, es un artificio forzado. Aceptar la incertidumbre fundamental de la existencia requiere de un esfuerzo mental enorme y de una fortaleza anímica descomunal. Hay que resignarse a la inconclusión permanente, a la duda constante, a la perplejidad como modo perenne de enfrentarse al mundo. Los científicos entienden esto a fuerza de frustraciones. Los trabajadores de la Justicia, que es la utopía mayor del ser humano, también.

Esperando en el semáforo de Las Heras y Coronel Díaz, Silvia Rey pensaba esto y aquello mientras miraba la marea de gente que cruzaba la avenida cuando de pronto uno de los cuerpos que pasaban frente a ella se destacó entre los demás. Quién sabe si fue la forma, el color, la manera de moverse, pero este cuerpo –el cuerpo de un hombre– la convocó y ella hizo foco en él. Llamémoslo una intuición visual, eso que sucede a veces en los museos cuando uno pasa caminando rápido junto a un cuadro y una mancha o una forma percibida con el rabillo del ojo lo impele a retroceder sobre sus pasos y a observar la obra con detenimiento. O tal vez fue simplemente que el hombre la miró. Entonces ella lo miró. Y se reconocieron. Era Villegas, el marido de la mujer «suicidada». El cruce de ojos duró apenas unos segundos. El corazón de Silvia Rey galopaba. Villegas hizo un gesto muy sutil con la cabeza, más una admisión de reconocimiento que un saludo, y constriñó la boca. Pero ella no vio una boca constreñida sino una sonrisa reprimida, una sonrisa malévola de autocomplacencia, la máscara ruin de la impunidad. Y le devolvió una expresión de acrimonia y de desprecio profundo.

Cuando estaba entrando al garaje de su edificio sonó el teléfono. Una vez que hubo estacionado, respondió, pero sin señal en el subsuelo tuvo que esperar a llegar a su departamento. El teléfono volvió a sonar. Era el jefe del equipo forense. El ADN extraído del nunchaku de huesos y de la calavera coincidía con las muestras proporcionadas por su fiscalía. Era Copito.

Silvia Rey colgó y llamó a la comisaría de Nonogasta. No obtuvo respuesta. Intentó una vez más. Y otra. Nada. Se comunicó entonces con la gobernación y logró que la atendiese un asesor de la vicegobernadora. La secretaria le explicó la situación. Había que informar a una familia de Licópolis sobre la muerte de uno de sus integrantes y tomar una muestra de ADN de los padres para la identificación formal de los restos. El hombre le aseguró que se ocuparía él mismo de hacer la gestión con la policía. Necesitaba los nombres de los padres. Le pidió que la aguardase un instante y la puso en espera. Pasaron cinco minutos, luego diez y ya iba para el cuarto de hora cuando Silvia Rey cortó. Entonces supo lo que tenía que hacer.

Marcó el número de su padre.

–Hola, querida, ¿cómo estás? –dijo Francisco Rey.

–Bien. Oíme, ¿querés ir a pasar Año Nuevo conmigo a La Rioja?

35

Adrián Bicula se despertó hacia el mediodía con la boca pastosa y la cabeza pulsándole horriblemente. Se había quedado hasta las seis tomando cerveza y despachando pastillas en el cibercafé. Había vendido bastante, según recordaba, y había recaudado un fajo de billetes bien gordo. Varios de cien, una pila de veinte y otro tanto de diez. Unos mil y pico de pesos serían, calculó en el torpor de la resaca. Revisó los bolsillos del jean, sacó el dinero y contó. Novecientos ochenta. En una bolsita de plástico quedaban siete pastillas. Estaba todo, creyó. Soltó un bostezo largo y lastimero como un rugido de morsa, rodó sobre el colchón pelado y se sentó.

Hacía un calor asfixiante en el cuarto y su torso desnudo, lampiño e inflado, brillaba por la transpiración. Estando sentado, el dolor de cabeza se intensificó. Le ardía la garganta. Se levantó y fue a buscar una cerveza. Mientras avanzaba por el pasillo, se mareó y tuvo que apoyarse contra la pared. En la cocina habían dejado el televisor prendido. Abrió la heladera, sacó una latita y se la tomó de un trago. Estaba por apagar el aparato cuando empezó el resumen de noticias de las doce. El Senado le aprobó el presupuesto al nuevo presidente y la Cámara Baja intentará convertir en ley el paquete impositivo. A dos días de Año Nuevo, aseguran que no habrá cortes de luz por el «efecto 2000». Nuevas y espeluznantes revelaciones en el caso del curandero africano: una de sus víctimas, un taxi boy albino, habría sido el autor material del crimen del profesor de biología asesinado en Palermo en julio pasado.

Adrián Bicula fue al baño y se lavó la cara, el pecho, el cuello y las axilas. Volvió a su habitación, se puso desodorante y una camisa estampada. Salió del inquilinato, dobló en la esquina, cruzó y entró al locutorio. No conocía bien al muchacho que atendía durante el día, pero este sabía quién era él y lo trató con amabilidad. Adrián Bicula entró a una de las cabinas, cerró la puerta e hizo una llamada. A esta le siguió otra y una tercera. Cuando terminó, dio las gracias y salió. Dobló por Ladines y caminó hasta la avenida San Martín, donde tomó un colectivo que lo dejó en Chacarita. Ahí se subió al subte. Bajó en la estación Uruguay y caminó por Corrientes hasta Talcahuano. Cuando llegó a su destino final, transpirado y famélico, ya eran pasadas las dos de la tarde.

Silvia Rey estaba furiosa. Se había enterado por su padre esa mañana. Alguien había filtrado a la prensa la noticia de que Copito era el asesino de Doliner. Llamó a Carrucci no bien llegó a su despacho. El subinspector juró y perjuró que no sabía nada del asunto. Desde luego que no había sido él, exclamó indignado. Lamentaba que se hubiese filtrado la noticia, por supuesto, pero había que aceptar de una vez por todas las cosas como eran, dijo.

–Lo mató él, Silvia. Y, ojo, que quizá la noticia se filtró de tu propia fiscalía.

Silvia Rey profirió un insulto largo y elaborado.

—Qué boquita —respondió Carrucci—, feliz año y que tengas buenas vacaciones.

—Vacaciones..., pero ¿por qué no te matás? No tengo vacaciones. Me voy a hacer el trabajo que ustedes no hicieron —dijo Silvia Rey después de haber cortado.

Ana María justo pasaba por la puerta y escuchó el exabrupto. Asomó la cabeza.

—¿Le dijiste que cancelaste las vacaciones para ir a La Rioja? —preguntó la fiscal.

—No. ¡Qué inútiles que son, Dios mío! —protestó Silvia Rey.

—Un día, con suerte, todos vamos a ser como vos.

—Matate vos también.

—Te jodo. Me parece bárbaro que vayas, en serio. ¿Y qué van a hacer para Año Nuevo?

—Vamos a estar en Nonogasta. En una estancia que tiene hotel.

—Mirá vos. ¿Y de ahí?

—El primero nos quedamos ahí. Después iremos por la ruta de los olivos. Chilecito, Famatina, Shaqui, San Blas de los Sauces. Y el 5 ya nos volvemos.

—Bueno, viste que al final sí te vas de vacaciones.

—Sí, a La Rioja; igualito a Búzios.

—¿No van a pasar por Anillaco?

—Ana María, escuchame: ¿no habrá salido de acá el rumor de que Copito mató a Doliner?

—¿Sos loca? ¿Quién de acá va a hacer algo así? Fueron ellos. Sermonti, seguramente. Lo conozco como si lo hubiera parido. Es un bicho.

Después de almorzar, Silvia Rey se abocó a una miscelánea de tareas que requerían de su atención con diversos grados de urgencia. Era su último día en la fiscalía y se le habían acumulado las diligencias de fin de año. Se disponía a llamar a un juez cuyo nombre mejor no recordar cuando tocó a la puerta Klibansky. Había alguien que quería verla. Decía que era urgente. Un hombre joven que aseguraba tener información sobre el caso de Copito.

—¿Dijo «Copito»? —preguntó Silvia Rey.

La prensa no había publicado el apodo del muchacho.

—Sí —confirmó el auxiliar.

—¿Ana María está?

—No, ya se fue.

—¡No se despidió! —exclamó Silvia Rey.

La fiscal no volvería a pisar la oficina sino hasta principios de marzo.

—Hacelo pasar y vení también vos —ordenó la secretaria.

El auxiliar hizo pasar a un joven gordo de aspecto insalubre. Estaba empapado de sudor. Silvia Rey le ofreció agua. El joven aceptó y Klibansky le alcanzó una botellita. Se la tomó de un trago y eructó tapándose la boca con la mano.

—¿Cómo te llamás?

—Javier —dijo el muchacho.

—¿Javier qué?

—Javier Iorio.

—Le dijiste al auxiliar de mesa de entrada que tenés información sobre un caso que nos concierne.

—Sí, sobre Copito.

—¿Lo conocías?

—Más vale. Éramos amigos.

—Por casualidad, ¿vos sos el gordo Turbina? Con todo respeto...

—¿Cómo sabés? —exclamó Adrián Bicula.

—Esmeralda Gachalá nos habló de vos. Dijo que eras muy amigo de Copito.

—Sí, soy yo. ¿Qué más te dijo la enana? ¿Dónde está?

—No mucho más que eso, que viviste con Copito un tiempo. Esmeralda está muerta, Javier. Fue asesinada. ¿No lo sabías?

El joven se sacó la gorra y reveló una calvicie incipiente. Tenía la frente perlada de sudor y una gota gruesa le corría por la patilla.

—No, no sabía —dijo. Hizo una pausa y siguió—. Copito no mató al profe. Dicen en el noticiero que fue él, pero es verso. El profe lo cuidaba, era como un padre. Copito lo requería.

—¿Vos sabés quién mató al profesor?

Adrián Bicula tenía la mirada clavada en el piso.

—Javier, es muy importante. Están acusando a tu amigo muerto; ¿no querés limpiar su nombre?

El joven estaba petrificado. De pronto habló.

—Si yo te cuento algo, ¿vos tenés que decirlo después? ¿Tenés que decir que te conté yo?

—Queda entre nosotros. ¿Qué sabés?

—Mirá que si se enteran cago fuego yo también, como la enana. Ya tuve que desaparecer de Constitución.

—Te lo prometo, Javier, te doy mi palabra —dijo Silvia Rey, aunque sabía que en caso de haber un juicio era prácticamente imposible que no trascendiera el nombre de un testigo.

—Al profe lo mató la yuta. Copito tenía una historia con un rati muy groso.

—¿El jefe?

—Sí, ¿la enana te dijo?

—Escuchame, Javier, ¿cómo sabés que a Doliner lo mató la policía?

—Yo lo sé. Copito me contaba cosas. Al jefe no le cabía que él andase con el profe. Estaba celoso. Se la tenía jurada.

Adrián Bicula no sabía el nombre del jefe. Copito era precavido, por sí mismo y por sus amigos. Ni siquiera le había dicho que el hombre era policía, pero Bicula se había dado cuenta. A los narcos de la zona los conocía. No era ninguno de ellos. Copito se movía por el barrio con un grado de impunidad que solo un policía podía haberle garantizado. Un día, Bicula vio a su amigo subir a un auto que lo había venido a buscar para llevarlo a encontrarse con el jefe. Y vio al conductor del auto. Era una cara que conocía. «Es el chofer del jefe», le explicó Copito días más tarde dándose aires de importancia.

—El tipo era un rati. Estaba de civil, pero yo lo conocía —dijo Bicula.

—¿De dónde lo conocías? —preguntó Silvia Rey.

—De una vez que me agarraron en La Boca, es de la comisaría esa.

Silvia Rey abrió un cajón y sacó el identikit hecho a partir del testimonio de Pervinapo. Se lo alcanzó.

Bicula palideció.

—¿Era él?

—Sí.

—No te va a pasar nada, quedate tranquilo. ¿Estás seguro de que era él?

El muchacho estaba seguro. Silvia Rey le prometió que, en caso de un juicio, sería testigo protegido. Por lo pronto, en el expediente constaría que «de acuerdo a tareas investigativas se pudo determinar que...». A continuación, Adrián Bicula respondió algunas preguntas sobre su relación con Copito. Al referirse a su muerte, le rodó una lágrima que se confundió con el sudor que le cubría las mejillas.

—El miedo que debe haber tenido, pobre Copito; se la vio venir seguro, no era gil.

Habló de la última vez que lo había visto, en el Ruby

237

Sunrise a mitad de año, no recordaba la fecha exacta. Copito estaba dulce, le había pagado los tragos. Silvia Rey le preguntó si tenía la mano vendada. Bicula dijo que no, que estaba perfecto y de buen humor.

—Me dijo que se iba de viaje por un tiempo, que el profe lo estaba ayudando. No me quiso decir adónde. Se quería rajar.

Antes de irse, Silvia Rey le pidió los datos personales. Prometió que no irían al expediente, eran para sus propios archivos, a los que la policía no tenía acceso. Bicula repitió el nombre falso y dio un número de documento y una dirección también inventados. Después de que se hubo ido, Klibansky le hizo notar a la secretaria el número de documento, que empezaba en treinta y cinco millones.

—El DNI de mi hermanito empieza en treinta y cinco millones —dijo el auxiliar—, o sea que el gordo este tiene ocho años.

Cuando estuvo sola, Silvia Rey llamó a Carrucci. No lo encontró. Lo llamaría, en vano, varias veces más. Lo encontraría recién a la mañana siguiente.

Llegó a su departamento empapada de transpiración y puso el aire acondicionado al máximo. Estaba agotada. Solari la había llamado, quería verla, pero Silvia Rey se excusó. Quería estar sola. Se dio un largo baño de inmersión con sales, se untó el cuerpo de crema humectante y pidió comida china. Cenó de pie mirando por la ventana y la negrura del cementerio se le figuró como el drenaje de la bañadera, un remolino en cámara lenta por el que la ciudad se va vaciando de personas.

En la cama, antes de dormir, retomó la novela que había empezado unos días atrás, *El cartero llama dos veces*. En un momento, el abogado le dice a Chambers, el protagonista, que su caso es el más singular que haya tenido jamás por cuán rápido se había resuelto. Y lo compara con Dempsey-Firpo, que duró menos de dos rounds.

«No se trata de cuánto dura la contienda, sino de lo que haces mientras estás en el cuadrilátero...», leyó Silvia Rey justo antes de dejar caer el libro sobre su pecho y hundirse toda en el sueño.

36

Carrucci casi no durmió esa noche. Hacía un calor del infierno. El ventilador agitaba aire caliente. No se podía abrir las ventanas por los mosquitos. Tras dar vueltas y vueltas en la cama, y luego de girar la almohada cien veces buscando secciones del nailon que no ardiesen, el subinspector de pronto caía en un sopor liviano que podría haber conducido al sueño profundo de no ser por el monstruo de la apnea, que apenas percibía un atisbo de reposo le saltaba sobre el pecho y lo estrangulaba, le sacaba todo el aire como a un muñeco inflable y lo despabilaba de un sacudón. Imperturbable a su lado, la señora de Carrucci dormía como un tronco. Había empezado a tomar pastillas cuando el problema del ronquido de su marido se volvió insostenible. La mujer no podía conciliar el sueño, le hervían las entrañas de furia, tenía episodios de taquicardia, hiperventilaba. O se iba al sillón del living y dormía tan mal que se despertaba toda contracturada y de un humor pestífero. Las pastillas la noqueaban. Ahora dormía como un bebé. Empezó a tomarlas cada vez más temprano y Carrucci sabía que era para asegurarse de estar dormida cuando él volviese a casa. Por las mañanas, el que la evitaba era él. Pudiendo despertarla antes de irse a trabajar, la dejaba dormir. Cuestión, que ya casi no se veían; apenas los fines de semana, cuando él no trabajaba y si ella no se iba a la casa de su hermana. Ya hacía varios años de esto. La intimidad entre ellos había quedado prácticamente anulada. Ella debía de tener un amante, pensaba él. Él de vez en cuando iba con putas. Había considerado separarse. Ella también. Lo habían discutido en una ocasión. Pero ¿para qué? Era un trajín. Un gasto de dinero absurdo. Y ambos estaban convencidos de que sus vidas no cambiarían demasiado con un divorcio.

Cuando sonó el despertador a las seis y media, el subinspector saltó de la cama como un resorte. Se duchó, se afeitó, se vistió y preparó el café. Mientras lo tomaba, chequeó su celular y vio que tenía dos llamadas más de Silvia Rey.

«Qué manera de romperme los huevos», pensó.

Llegó a la comisaría y Sermonti le recordó que esa noche tenían la comida de fin de año del Círculo de Suboficiales. Carrucci se acordaba, cómo no. La bendita ceremonia anual. Cientos de policías de toda la ciudad apiñados en el comedero ese de la Costanera Sur. Siempre el mismo menú. Empanaditas aceitosas. Chorizo y morcilla secos. Carne de consistencia tipo chicle y ensalada rusa con ese retrogusto rancio que tiene la mayonesa abombada. Lo mejor era el postre, macedonia de frutas con una bocha de helado de vainilla. Y pan dulce, desde luego. Para enjuagar el gañote, vino de damajuana y agua de la canilla con mucho hielo para disimular ese gusto a aceituna que tiene el agua de Buenos Aires. A la hora del brindis, sidra Real. Como despedida, café aguachento. Los licores eran aparte.

–¿Vamos juntos? –propuso Sermonti.

241

—Dale —dijo Carrucci.

Se acababa de sentar en su escritorio a tomar el segundo café del día y a leer el diario cuando sonó el teléfono. La operadora anunció a la doctora Rey del otro lado de la línea. Profundamente irritado, Carrucci pidió que le pasasen la llamada.

—Silvia, qué sorpresa. ¿No te ibas de vacaciones vos?

—Mañana. Escuchame, ya sé que me estás evitando, no me importa. Tenemos que hablar urgente.

—Hablemos. Soy todo oídos.

—En persona. ¿El Unicornio Blanco, te parece? Puedo estar ahí en quince minutos.

Media hora más tarde, la secretaria de la Fiscalía y el subinspector estaban frente a frente. Carrucci, con cara de perro. Silvia Rey, sin aire. Había llegado a las corridas. Pidió un agua con gas y cuando se hubo refrescado le relató al subinspector su encuentro del día anterior con el gordo Turbina. Carrucci la escuchó en silencio.

—Igual, cuidado —dijo finalmente—. Los reconocimientos a través de identikits suelen ser problemáticos, sobre todo en los juicios y si...

—No te creas, eh. Depende del juez —lo interrumpió ella—. Nunca le diste bola al identikit. Yo intenté circularlo, hice lo que pude, pero sin tu ayuda es muy complicado.

—Ya sabés que me parece una línea de investigación muy tenue, pero igual algo lo circulé, eh —mintió el subinspector.

—Carrucci, escuchame. No podés negar que si Copito andaba con un policía es factible que cuando el tipo se enteró de que Doliner planeaba mandarlo a Ecuador interviniese para retenerlo acá. Copito *sin duda* tenía información

242

comprometedora. Pienso que Doliner sabía que la policía los tenía marcados. Por eso llevó al chico a un hotel.

—*Sin duda...* —repitió Carrucci—. Silvia, admiro tu convicción. Ahora, si estaba tan paranoico, ¿cómo es que le abrió la puerta al sicario?

—Le tocaron la puerta con alguna excusa. Tal vez el asesino dijo que era el fumigador, qué sé yo. Doliner abrió, el tipo lo encañonó, lo hizo sentar y trató de sacarle dónde estaba Copito. Lo golpeó, lo torturó. Doliner no le reveló nada y el otro finalmente le pegó un tiro. Lo iba a matar de todos modos.

—¿Y el brujo qué pito toca? Ah, ya sé. El supervillano policía conocía al brujo y sabía que andaba buscando albinos. Le marcó a Copito y el brujo mandó a los hermanos Macana a secuestrarlo. El cana se lo sacó de encima y el brujo consiguió mercadería para sus gualichos.

Silvia Rey lo miró con desprecio.

—Los dos casos no están conectados entre sí. Salvo por la figura de Copito. Por un lado, hay un policía corrupto y asesino que se acuesta con menores. Por el otro, un brujo que comercia con partes humanas.

—Silvia, ¿qué querés que haga yo? Explicame.

—Quiero que circules el identikit. La situación ahora es muy delicada. Si este tipo es policía y el identikit llega a su seccional, bueno..., no te lo tengo que decir. Nunca estuve en una situación así, la verdad. Te necesito.

—Y sí. Es complicado. Si al menos tuviéramos un tercer testimonio... para reforzar... —empezó Carrucci, pero Silvia Rey lo cortó en seco.

—Tenemos dos testigos que señalan a este mismo tipo. Uno lo vio con Copito, el otro lo vio en el edificio de Doliner el día del homicidio. ¿En serio me estás diciendo que no es suficiente para salir a buscarlo?

–¿Me podés mandar de nuevo el identikit?

–¿Vos me estás jodiendo? No lo puedo creer. No lo circulaste. Sos un mentiroso. O estás encubriendo a alguien.

–Silvia, basta, por favor. Se me traspapeló. ¿Sabés cuántos mensajes me llegan por día? Lo debo tener por ahí. Voy a buscar el archivo, no te preocupes.

Silvia Rey lo miraba incrédula y agotada.

–Por favor, hacé lo que te pido –dijo.

–Te lo prometo.

El subinspector volvió a la comisaría caminando lento. Las diez de la mañana y ya estaba exhausto. El calor era insoportable. En la calle se palpaba la histeria de fin de año. Bocinazos, congestión, humo y cuerpos enajenados, pura angustia y adrenalina.

Una vez frente a su computadora, buscó el email de Silvia Rey con el identikit. Lo abrió y lo estaba examinando cuando se le apareció por atrás Sermonti.

–¿Y ese? –preguntó.

Carrucci le explicó.

–*Tiene* pinta de cana. De milico, en realidad. Qué papa caliente, viejo –dijo el inspector dándole una palmada en el hombro.

Carrucci sintió una vez más ese pálpito aciago que lo había acompañado durante la pesquisa, ahora con un grado de evidencia mayor, casi una confirmación, y supo que había que dejar que la papa se enfriase. Dejaría pasar unos días hasta después de Año Nuevo y hablaría con Sermonti más tranquilo.

El día voló como vuelan esos días de diciembre. Una cosa y después otra, una cosa encima de otra, debajo de otra, de costado, de frente y adentro. Todo a ritmo vertiginoso, como una corriente eléctrica abajo del agua. Y esa sensación de que si algo no se resuelve en ese momento no se resolverá jamás porque mañana termina el año, el siglo, el milenio; termina el mundo. Carrucci almorzó una medialuna con jamón y queso en su escritorio, y alternó cafés y caramelos de regaliz sin pausa hasta las seis de la tarde, cuando el cabo Bericua le hizo notar que si seguía tragando cafeína le iba a dar un patatús.

A las ocho y media partieron rumbo a la fiesta. Fueron en el auto de Carrucci. Un tráfico bestial. Un calor dantesco. Sermonti fumaba con la ventanilla abierta. Carrucci se moría por fumar y estuvo a punto de pedirle un cigarrillo tirando por la borda meses y meses de abstinencia, pero se contuvo y en vez rumió caramelos. Llegaron al restaurante y se encontraron con la marea habitual de conocidos y desconocidos, amigos y amigos de amigos, un mosaico de caras familiares y caras nuevas. Entre saludos, abrazos, chanzas y promesas de verse más seguido el año siguiente fueron recorriendo el local hasta llegar a la mesa asignada a su comisaría. Allí encontraron a Bericua y al cabo Pérez. Poco después llegaron el suboficial Castaño y la sargento Luján.

La interacción en un contexto social de gente que se ve todos los días en el trabajo suele ser incómoda o tediosa. En esta ocasión fue ambas cosas a la vez. Carrucci prácticamente no habló en toda la noche. Estaba agotado y le dolía la cabeza, de modo que además tomó muy poco. Escuchaba a sus compañeros intercambiar las nimiedades más pasmosas y hacía esfuerzos hercúleos por fingir interés, pero no veía la hora de irse. En un momento posó la mirada en el grupo que estaba sentado junto a la ventana a dos mesas de distancia y se detuvo en una cara que creía conocer: un hombre flaco, calvo, de bigote tupido y rasgos cadavéricos. Inclinándose hacia Sermonti, se lo indicó con disimulo.

–¿Cómo «creo que lo conozco»? Claro que lo conocés, salame. Es Gómez Letón –dijo Sermonti.

El comisario inspector Pedro Gómez Letón era famoso en las filas de la Federal por su ferocidad para combatir el crimen. En los barrios del sur, su figura era legendaria. El sheriff de La Boca, le decían. Se rumoreaba que había sido él quien, desde las sombras, había hecho caer a Benítez, el comisario mayor que tenía vínculos con el narcotráfico. Un escándalo de proporciones bíblicas. Fue entonces cuando Carrucci oyó hablar de él por primera vez. Y lo había visto en varias ocasiones, cenas de fin de año, galas, aunque nunca los habían presentado. Gómez Letón era el centro de atención en su mesa. Hablaba y gesticulaba rodeado de sonrisas de fascinación que lo iluminaban como reflectores. El subinspector observaba este despliegue de deferencia cuando de pronto reparó en una de las caras obsequiosas, un hombre de unos cuarenta años. Y lo reconoció de inmediato.

El pelo corto era castaño oscuro. La cara, pálida, recién afeitada. La mandíbula, prominente. Los ojos marrón claro. Y una nariz respingada, llamativamente pequeña, producto sin duda de una rinoplastia malograda. El hombre miraba a Gómez Letón sonriente mientras rebañaba la mayonesa de la ensalada rusa con un pedazo de pan cuando se percató de que lo observaban y le devolvió a Carrucci una mirada dura y fría como el acero. El subinspector disimuló saludando con un gesto de la cabeza. El hombre correspondió al saludo y levantó su copa en reconocimiento. Carrucci bebió un trago de vino. Una gota de sudor gélido le corrió por la columna desde la nuca, entonces giró en dirección a Sermonti, que lo estaba observando y que había visto el mismo rostro. Inspector y subinspector se miraron con gravedad. Carrucci atinó a decir algo, pero no había siquiera abierto la boca cuando Sermonti se le anticipó.

–No es. No es –susurró.

Carrucci miró a su superior, estupefacto. Iba a decir algo y Sermonti lo interrumpió.

–No es, pibe. Quedate piola.

Esa noche Carrucci dio vueltas en la cama. Se levantó varias veces a tomar agua. Abrió la ventana y la cerró. Pensó en Silvia Rey y en Sermonti. En Gómez Letón y en el verdugo sin nombre. A la mañana siguiente borraría el archivo con el identikit. ¿Para qué iba a meterse en semejante berenjenal? ¿Para limpiar el nombre de Copito, un lumpen? Si Silvia Rey se empecinaba en seguir con esa cruzada, problema suyo. El albino estaba muerto y sus asesinos, muertos o presos. Fin de la historia.

Ya era 31 de diciembre. Irían a pasar Año Nuevo a lo de su cuñada en Derqui. Carrucci contempló a su mujer, que dormía tranquila, y estuvo tentado de despertarla para charlar, pero no lo hizo. En un momento miró el reloj y eran las cuatro en punto. La hora del lobo. Se levantó, fue hasta la cocina, se subió a una silla y alcanzó una cajita que estaba en el último estante de la alacena. La abrió y sacó un paquete de Parliament Lights. Sentado junto a la ventana, fumó un cigarrillo y después otro y un tercero. Liviano como una pluma, volvió a la cama y durmió de corrido hasta las siete y media.

37

En el mismo instante en que Carrucci y Sermonti estacionaban frente al Museo de la Cárcova, en Costanera Sur, para ir a la comida de fin de año del Círculo de Suboficiales, Silvia Rey y Esteban Solari subían por el ascensor del Centro Cultural San Martín rumbo a la Sala Lugones. Ella viajaba a La Rioja a la mañana siguiente. Solari propuso el encuentro de despedida. Quería verla antes de que se fuera, declaró galante. Ella dudó, tenía tanto que hacer. Solari insistió. Ella le advirtió que su intención era irse a dormir temprano, así que nada de cosas raras. Quedaron en tomar algo y después ir al cine. La película terminaba a eso de las once menos veinte, luego de lo cual Silvia Rey dejaría a Solari en su casa y volvería a la suya.

Se encontraron para el copetín en el café La Paz. En la Lugones daban un ciclo de películas de la época *pre-code* y esa noche se proyectaba *Manhattan Melodrama*, con Clark Gable y Myrna Loy. Fue elección de Solari, que ya la había visto, aunque nunca en cine.

—Trata sobre un fiscal patológicamente honesto que lucha contra el crimen, te va a encantar —le dijo cuando tomaban el vermut. Y le contó también que era la película que salía de ver John Dillinger cuando lo interceptó un grupo de agentes del FBI y lo cosió a tiros.

A Silvia Rey le sonaba el nombre, pero no conocía la historia. Solari le hizo un resumen de la biografía de Dillinger, de esa noche de verano en Chicago y de la prostituta rumana que traicionó al hampón.

—La *femme fatale*, la Julieta le decimos acá —acotó Silvia Rey.

—La *lady in red*, en este caso. Porque tenía un vestido rojo esa noche. Era la señal para que los agentes la reconociesen y, a través de ella, a Dillinger. ¿No viste la última de Tarantino?

—No. ¿Cuál?

—*The Lady in Red*. Trata sobre eso. ¿No la viste, en serio?

—No, ¿cuándo salió?

—Este año.

—Escuchame una cosa, ¿y *Manhattan Melodrama* de qué año es?

—Del 34.

—Mirá qué casualidad. Estoy leyendo *El cartero llama dos veces*, que también es del 34. Te conté, creo.

—Sí. No leí la novela, pero vi varias de las versiones que se hicieron en cine. La mejor es la de Tay Garnett. Bueno, la de Visconti también es muy buena, *Obsesión*. La de Mamet no vale nada, evitala.

—La evitaré —dijo Silvia Rey riendo.

Manhattan Melodrama transcurre en 1923. En un momento, Blackie, el personaje de Clark Gable —un mafioso ludópata e irresistible— se encuentra de casualidad con el fiscal, interpretado por William Powell, en los Polo Grounds, adonde ambos han ido a ver la pelea Dempsey-

Firpo. De hecho, los dos amigos de la infancia se pierden la brevísima contienda a causa de este encuentro.

Cuando terminó la película, mientras bajaban por las escaleras, Silvia Rey le contó a Solari la referencia a la pelea que había encontrado la noche anterior en la novela de Cain.

—Eso se llama «duquesa» —anunció. Y procedió a explicarle el juego de la tricota.

—Es el fenómeno Baader-Meinhof —dijo Solari—, es lo mismo. Aprendés algo nuevo y en los días sucesivos te lo volvés a encontrar una y otra vez. Nunca lo habías visto y de pronto lo ves por todas partes.

—Algo así. Pero acá no es algo que *aprendés*. Puede ser algo que ya conocieses. Lo imprescindible es que sea una referencia inusual, excepcional. Bueno, y lo de las tres veces en un máximo de tres días.

—Te iba a decir justo de ir a comer una pizza al Cuartito. Seguro tienen algún póster de Firpo.

—Pero así no vale. Si sé que tienen el póster no cuenta, sería una tricota inducida. Las tres instancias tienen que ser casuales e independientes entre sí. Igual, me tengo que ir a dormir.

Cuando salieron a la calle se había congregado un grupo de gente alrededor de dos artistas callejeros. Silvia Rey los reconoció. Eran los malabaristas del semáforo de Libertador y Austria. Faltaba el más alto, el líder. Solari siguió de largo, pero ella lo tomó del brazo. Quería ver. El show no era con mandarinas, sino con pelotas de tenis, tres cada uno, seis esferas en el aire en todo momento formando una especie de puente que conectaba a los dos chicos, cuyas posiciones iban cambiando en dirección contraria a las agujas del reloj. Solari los observaba maravillado.

—Impresionante —exclamó.

—Eran tres antes. Andá a saber qué fue del tercero.

—Tal vez se fue con el Circo de Moscú.

Silvia Rey le devolvió una mirada lúgubre.

Cuando terminó el espectáculo, la gente aplaudió con ganas, pero muy pocos se quedaron a contribuir. Uno de los malabaristas, el más chiquito, se les acercó con la gorra y Solari dijo que no tenía cambio. Silvia Rey abrió la cartera y sin sacar la billetera extrajo un billete de veinte y se lo dio al chico, que balbuceó «gracias» mirando fijamente la cartera. Solari se percató, la tomó del brazo y partieron.

—Veinte mangos, qué país generoso —dijo Solari camino al auto—. Se lo va a gastar en Poxirán.

—Que se los gaste en lo que se le cante. Tiene talento, se lo merece.

Al llegar a la esquina, Solari se dio vuelta y vio a los dos malabaristas, que caminaban a paso redoblado en dirección hacia ellos.

—Caminemos un poquito más rápido —apuró Solari.

—No pasa nada, ¿tenés miedo? Son dos criaturas.

Estaban a media cuadra de donde habían estacionado y ahora fue Silvia Rey la que se dio vuelta. Los chicos se les acercaban cada vez más. Aceleró el paso, Solari la imitó. Llegaron al auto y entraron con prisa. Silvia Rey trabó las puertas y estaba maniobrando para salir cuando el pequeño malabarista le golpeó la ventanilla con el puño. Silvia Rey vio dos ojos muertos que la miraban desde una dimensión muy lejana, oscura, baldía. Cuando arrancó, el chico lanzó un escupitajo gordo y amarillo que se estrelló contra el vidrio y fue deslizándose hacia abajo como una babosa.

38

Silvia Rey y su padre aterrizaron en la ciudad de La Rioja a las diez de una mañana tórrida. Ella durmió todo el viaje. Había invitado a Solari a su casa la noche anterior. Tomaron vino y durmieron poco. A Francisco Rey le daba pánico volar y para distraerse se pasó el viaje conversando con el hombre que tenía sentado al lado.

–¿Lo viste? Es un enano mal hecho –le dijo a su hija cuando bajaban del avión.

El hombre iba adelante de ellos arrastrando trabajosamente su equipaje de mano. Era de baja estatura y tenía una joroba, aunque ciertamente no era un enano.

–Callate, papá.

–¿No le viste la cara, toda torcida? –dijo Francisco Rey en un susurro.

–No. Pobre, debe haber tenido un derrame.

–Siete hijos tiene. Es dentista. Uno de los más conocidos de La Rioja. Bah, eso me dio a entender.

–Ajá –dijo Silvia Rey.

Mientras llenaban el formulario en el local de alquiler de autos, Francisco Rey insistió en que quería manejar él, pero su hija no le hizo caso. Habían reservado una 4x4 temiendo que el camino que conecta la Ruta 40 con Licópolis fuese escarpado. Les dieron una Toyota Hilux blanca. «Una monstruosidad», pensó Silvia Rey al subirse.

Partieron en dirección sur, bordearon la ciudad y tomaron la Ruta 38, que los llevó hasta Patquía, donde empalmaron con la 74, que iba hacia Nonogasta. A la altura de Catinzaco, donde empiezan los viñedos, Francisco Rey quiso ir al baño, así que pararon en una estación de servicio donde aprovecharon para tomar un café.

–Qué tierra extraña –dijo Silvia Rey.

–Parecida a Salta –comentó su padre.

–Sí, pero más salvaje.

–Y... es un desierto esto.

–Pero con mucho verde.

–Me refiero a que no hay un alma. Es el mundo sin gente –dijo Francisco Rey.

Siguieron viaje y llegaron al hotel, una estancia en las afueras de Nonogasta. El muchacho de la recepción les dio la bienvenida con gran afectación y repasó las actividades turísticas que ofrecían a los huéspedes. Se anotaron en un tour para el día siguiente, una visita guiada a Los Colorados a ver «paisajes majestuosos, macizos titánicos y pinturas rupestres».

–¿Les agradaría aprovechar nuestro servicio de spa? Tenemos jacuzzi y sauna seco. ¿Tal vez su señora desee un masaje con piedras calientes? –sugirió el muchacho dirigiéndose a Francisco Rey.

Silvia Rey se había alejado e inspeccionaba un folleto.

–¡Es mi hija! –exclamó el hombre.

–Le pido mil disculpas. Lo siento. Como reservaron una sola habitación...

—Tiene dos camas, ¿no? Reservamos con dos camas —intervino Silvia Rey.

—Sí, desde luego —aseguró el muchacho en tono relamido.

El botones los acompañó a la habitación. En el jardín estaban preparando las mesas para la cena de Año Nuevo. Habían armado una pista de baile y un disc-jockey instalaba luces, parlantes y consolas. No muy lejos de ahí, al fondo del valle, las montañas imponían su resguardo implacable. Una vez en la habitación, Silvia Rey se duchó y se cambió. Su padre la esperó en la galería del hotel leyendo un diario local. Ya tenía hambre. El plan era pasar por la comisaría de Nonogasta y, de ahí, ir a Licópolis.

—Habrá que almorzar en algún momento —dijo Francisco Rey.

—Almorcemos cuando lleguemos a Licópolis, ¿qué decís? Tipo dos de la tarde.

—Bueno, pero entonces necesito un tentempié —protestó Francisco Rey, y fue al bar del hotel a pedir una bolsa de papas fritas que procedió a devorar en el auto camino a Nonogasta.

La comisaría era un edificio de una planta con la fachada celeste descascarada. Parecía una casa chorizo más que una estación de policía. En la mesa de entrada los recibió un joven cabo que no disimuló su sorpresa al ver las credenciales capitalinas de Silvia Rey.

—Tiene suerte, el oficial primero todavía está. Si llegaba dentro de una hora ya no quedaba ni el loro —dijo.

254

El oficial primero la recibió en su oficina. Era un hombre amable, aunque el planteo de Silvia Rey lo confundió. Ella repitió todo, resumiendo y dejando afuera información que claramente era irrelevante dadas las circunstancias.

—De la Fiscalía Nacional en lo Criminal y Correccional número... Ciudad de Buenos Aires... muestras de material genético para pruebas de ADN, sí —repitió Silvia Rey.

El hombre no tenía la más pálida idea de lo que le estaban hablando.

—O sea que a ustedes ni siquiera les llegó la orden de captura de Adán Fernández, alias Copito, oriundo de Licópolis.

—No, doctora, que yo sepa no. Negro —gritó—, vení.

El cabo tampoco tenía noticias.

—Está lleno de albinos en Licópolis —fue la contribución del joven.

—Y supongo que nunca citaron a declarar a los padres de Adán Fernández —insistió ella.

—No, doctora —dijo el oficial primero.

El cabo confirmó la negativa.

Silvia Rey había hablado por teléfono con otro oficial de aquella seccional, un tal Méndez.

—Está de franco —explicó el oficial primero.

Ella propuso llamarlo por teléfono. El oficial primero accedió a regañadientes. Al principio, Méndez negó tener información sobre el asunto.

—Pasámelo —ordenó Silvia Rey.

Méndez siguió haciéndose el distraído, aunque de pronto cambió su historia. Sí, ahora que lo pensaba sí recordaba aquella conversación. Lamentablemente no habían tenido tiempo de mandar a nadie a Licópolis, se excusó. Eran muy pocos, estaban desbordados. Silvia Rey dijo que comprendía. Cortaron. El oficial primero la miraba con desconcierto.

—¿Y usted se vino hasta acá? ¿Un 31 de diciembre? —le preguntó en tono suspicaz.

—Sí, oficial. Y por suerte vine. Llamé mil quinientas veces. A ustedes, a la fiscalía, a la gobernación. No me dieron ni cinco de bolilla. Una mujer de su jurisdicción perdió un hijo, ¿entiende? Hay que darle la noticia a ella, al padre, y hay que tomar muestras de ADN para identificar formalmente los restos. Supongo que comprenderá la gravedad del asunto.

En Licópolis las calles no tenían nombre ni las casas número, le informó el oficial primero. Una vez allí, tendría que preguntar por la familia Fernández. El padre se llamaba Adán; la madre, Elsa. Era todo lo que podía aportar. Habría mandado una patrulla para que los escoltase, pero no tenía personal disponible. Silvia Rey había traído la foto que encontraron en la mochila de Copito: él y su familia frente a la casa de adobe y techo de paja. Se las arreglaría para encontrar a los Fernández, dijo.

—¿Sabe si hay algún lugar para almorzar en Licópolis? —preguntó Francisco Rey cuando se iban.

—¡Qué va a haber! —exclamó el oficial primero. Les recomendó El Mastín, una hostería en Los Tambillos sobre la Ruta 40 a unos pocos kilómetros del camino de ripio que lleva a Licópolis.

Un rato más tarde, estaban sentados a la mesa en El Mastín. Eran los únicos clientes. De entrada, pidieron humitas. Después compartieron una porción pantagruélica de cabrito a la llama. Tomaron vino tinto.

256

–A tu madre le hubiese encantado este boliche –dijo Francisco Rey.

–Sí, tiene un aire a ese de Chascomús que le gustaba tanto.

–Lo de Rosana. Qué orgullosa estaría de vos tu madre.

–Bueh, tampoco la pavada –dijo Silvia Rey y se sirvió más cabrito.

De postre, el dueño les ofreció unos bombones con nuez, pesados, empalagosos. Pagaron y se estaban yendo cuando Francisco Rey tomó a su hija del brazo.

–Mirá –le dijo señalando una de las paredes.

Era una reproducción del cuadro de George Bellows que captura el momento en el que Luis Firpo tira del ring a Jack Dempsey. La zurda del Toro de las Pampas aún en movimiento completando la trayectoria del cross. El Torturador de Manassa cayendo como Lucifer de la gracia divina.

–No lo tiró con la zurda. Fue un derechazo. En realidad, si ves el video parece más bien un empujón. Interesante cómo cambia la historia el pintor para que el cuadro quede mejor, ¿no?

El que hablaba era el dueño. Se les había acercado al ver que comentaban la imagen. Silvia Rey sonreía.

–Tricota de lujo, eh. Literatura, cine y pintura. Cuando volvamos a Buenos Aires te invito a comer a Monsieur Lecoq –dijo Francisco Rey.

El camino de ripio cruzaba los cerros, bajaba hasta la quebrada del Grito de la Lechuza y bordeaba un arroyo. Luego de una curva peligrosa, la vía se enderezaba y se extendía en línea recta hacia el horizonte. A lo lejos, en la luz diáfana de la media tarde, vieron el pueblo. Licópolis,

1892 metros sobre el nivel del mar, 195 habitantes. Un caserío, más bien. Chozas de adobe con techo de paja.

—Es una toldería —sentenció Francisco Rey.

Estacionaron a unos metros de la primera casa, junto a una pirca en la que siete cabritos dormían a la sombra de un nogal. Silvia Rey se puso una gorra. El sol rajaba la tierra. El coro ensordecedor de las cigarras hacía vibrar el aire. Padre e hija se sentían llenos por la comida y un poco entonados por el vino. Un sopor plomizo se apoderó de sus cuerpos apenas bajaron de la camioneta. Todo el peso de la ley de gravedad sobre sus hombros y en sus rodillas. Silvia Rey moría por un café. Se abrió la puerta de la primera casa y salió un hombre a recibirlos, huraño, en paños menores. La secretaria preguntó por la familia Fernández. Había tres familias Fernández, dijo el hombre. Elsa y Adán, especificó Silvia Rey. El hombre les indicó cómo llegar y se quedó mirándolos mientras se alejaban.

—A la hora de la siesta se nos ocurre venir, como para que no odien a los porteños... —musitó Francisco Rey.

Las fincas estaban separadas por callejones floridos y cada una tenía su pirca. Siguiendo las indicaciones del hombre, que todavía los observaba desde la puerta, doblaron a la derecha en el segundo callejón. De pronto, Silvia Rey percibió una presencia entre los arbustos. Alguien los espiaba. Francisco Rey se detuvo y saludó. Dos niños pequeños rieron. Uno de ellos era albino. Tenía un sombrero de paja y la cara contraída en un rictus fotofóbico.

—Hola, chicos, ¿cómo andan? —dijo Silvia Rey.

Los niños rieron.

—¡Hola! —exclamó uno. Y desaparecieron entre los arbustos.

Al final del callejón estaba la casa de la foto. Se acercaron y, a través de la ventana, vieron a una mujer que lavaba algo en una palangana. La madre de Copito fregaba y enjuagaba sin abrigar sospecha alguna, concentrada en su tarea o acaso envuelta en alguna fantasía; la expresión neutra de cualquier persona que no imagina que están a punto de darle la peor noticia de su vida.

Impreso en
Romanyà Valls, S. A.
Verdaguer, 1, 08786
Capellades (Barcelona)